WHO AM I?

내 이름이 뭐예요?

나는 누구일까?

내가 싹을 틔우고 꽃을 피우면 나는 무엇이 될까?

초판 1쇄 발행 2014년 2월 12일
초판 2쇄 발행 2019년 5월 17일

지 은 이 김세준
그   림 김미진
편   집 하희숙
디 자 인 김민성
펴 낸 이 백승대
펴 낸 곳 매직하우스

출판등록 2007년 9월 27일 제313-2007-000193
주   소 서울시 마포구 월드컵북로38가길 14, 201호(중동, 효성빌라)
전   화 02) 323-8921
팩   스 02) 323-8920
이 메 일 magicsina@naver.com
I S B N 978-89-93342-31-4

책값은 표지 뒤쪽에 있습니다.
파본은 본사와 구입하신 서점에서 교환해드립니다.

WHO AM I?

내 이름이 뭐예요?

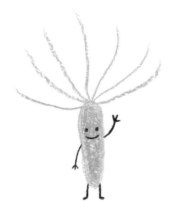

Open Your Thinking

차 례

제1부 · 씨앗의 탄생, 좌절···
그리고, 나비와의 여행

좌절하다

한 알의 씨앗이 있습니다. 이 씨앗은 요즘
마음이 무겁습니다. 자신이 실패한 씨앗이
아닐까 하는 생각이 들어서입니다.

처음부터 이랬던 건 아니었습니다. 따스한
햇살이 내리쬐던 어느 아름다운 날. 산등성이
넘어 불어온 부드러운 바람결에 씨앗은 하늘로
두둥실 날아올랐습니다. 가슴은 기대감으로 부풀어 올랐습니다. 과
연 어떤 곳에 정착해서 어떤 꽃을 피우게 될까 하는 생각 때문이었
습니다. 이 세상에서 가장 아름다운 궁궐 같은 곳에서, 이 세상에서
가장 아름답고 화려한 꽃을 피우게 되었으면 좋겠다는 희망이 생겼
습니다.

그런데….

씨앗이 떨어진 곳은 가난한 사람들이 모여 사는 초라한 동네였습
니다. 사람들의 표정은 어두웠고, 꾀죄죄한 옷들을 입고 있었습니

다. 삶에 찌들어 힘들게 살아가는 할머니와 할아버지들이 대부분이
었습니다. 씨앗은 실망스러웠습니다.

'칙칙하고 우울한 동네에서 아무리 아름다운 꽃을 피워봤자, 그
아름다움을 인정받을 수 있을까'

그나마 다행인 것은 동네 입구에 있는 꽃밭에 떨어졌다는 것이었
습니다. 더러운 웅덩이나 초라한 집 안의 화장실 옆이 아닌 것을 다
행으로 생각했습니다.

꽃밭은 너무나도 작았지만, 예쁜 꽃들이 제법 자태를 뽐내고 있
었습니다. 꽃들이 말을 걸었습니다.

"안녕, 나는 채송화야."

"안녕, 나는 방울꽃이야."

"안녕, 나는 무궁화야."

"안녕, 나는 맨드라미야."

"안녕, 나는 나팔꽃이야."

"안녕, 나는 할미꽃이야."

하나같이 다 아름다웠습니다.

'나도 저런 꽃들 중 하나겠지'

씨앗은 마음을 좋게 먹으려고 노력했습니다. 그 때, 채송화가 말했습니다.

"너는 처음 보는 씨앗이로구나."

씨앗은 깜짝 놀랐습니다. 이 꽃들 중의 하나가 아니라니… 그러나, 꽃은 이 꽃들만 있는 것이 아니라는 생각을 하면서 마음을 안정시켰습니다.

나비 한 마리가 날아왔습니다.

"안녕!. 너는 처음 보는 씨앗이로구나."

씨앗은 겁이 덜컥 났습니다.

'나비는 이곳저곳을 날아다니면서 많은 꽃들과 씨앗들을 봐왔을 텐데 나를 처음 본다니… 그렇다면, 나는 꽃이 아니라는 것인가?'

씨앗은 나비에게 물어보았습니다.

"저를 처음 본다고요?"

나비가 대답했습니다.

"그래. 처음 본단다."

씨앗은 마음을 애써 진정시키며 다시 물었습니다.

"나비님이 못 본 꽃도 있지요?"

나비는 아무런 대답을 하지 않고, 꽃밭 주위를 맴돌다가 날아갔습니다. 할미꽃이 대신 대답했습니다.

"글쎄… 그럴 리는 없을 것 같은데… 다른 나비라면 모를까… 저 나비는 나이도 많고, 힘도 좋아서 아주 먼 곳까지 가보았지. 안 가본 곳도 없고, 보지 못한 꽃도 없을 거야."

꽃들이 수군대기 시작했습니다.

"잡초 나부랭이인가 봐."

"왜 하필 여기에 와서."

"새가 와서 잡아먹으면 좋겠다."

"새가 오면 불러서 알려주자."

"그래. 땅 속으로 들어가서 자리를 잡기 전에 알려야 해."

절망감이 밀려왔습니다. 잡초로 살아가느니 차라리 지금 새한테 먹히는 것이 나을 것이라는 생각도 들었습니다. 한마디로 자포자기의 심정이 든 것입니다. 이런 자신이 너무 미웠습니다. 이런 상황이 실망스러웠습니다.

나비와 함께 여행을 떠날 결심을 하다

밤이 되었습니다. 꽃들은 잠이 들었습니다. 씨앗은 잠이 오지 않았습니다. 상처받은 가슴을 달랠 수가 없었습니다.

'그냥 땅 속으로 들어가서 새싹을 틔워볼까?
꽃일 수도 있잖아' 라는 생각이 들기도 했다가,

'아니야, 그러다 정말 내가 잡초라는 사실을 알
게 되면 얼마나 고통스러울까?' 라는 생각이 들기
도 했다가, '잡초면 어때? 그게 내 운명인 걸' 이라는 생각이 들기
도 했다가, '아니야, 잡초인 걸 알게 되면 그 이후의 삶은 지옥과도
같을 거야' 라는 생각이 들기도 했다가, '잡초일지언정 씨앗으로 태
어나 무엇인가를 틔울 수 있다는 것 자체만으로도 큰 의미가 있을
거야' 라는 생각이 들기도 했다가, '그냥 새한테 먹혀 죽자' 라는 생
각이 들기도 했다가, 용기를 내어 두 눈
꼭 감고 땅 속으로 들어가려고 했다가, 두

려움에 다시 나오기도 하는 동안 밤은 점점

깊어만 갔습니다.

씨앗이 몸을 뒤척이고 있는데, 문득 다음과 같은 의문이 생겼습니다.

'겨우 나비 한 마리와 얼마 되지도 않는 꽃들의 말만을 믿고 스스로를 포기해야 하는 것일까? 저들은 나를 보지 못했다는 말을 했을 뿐이고, 잡초가 아닐까 했을 뿐이지, 내가 잡초라고 명확하게 말하지 않았잖아. 어딘가 나를 알아봐줄 누군가가 있을 거야.'

씨앗은 이 곳을 떠나기로 결심하였습니다. 바람이 불 때를 기다렸습니다. 잠시 후, 부드러운 바람이 불어왔습니다. 씨앗은 바람에 몸을 맡겼습니다. 동네의 어귀까지 날아갔습니다. 씨앗이 떨어진 곳은 넓디 넓은 토란 잎 위였습니다. 행여나 토란 꽃이 잠에서 깨지 않도록 조심조심 자리를 잡았습니다.

'여기서 기다렸다가 내일 아침 나비가 날아오면 도와달라고 해보자.'

씨앗은 잠을 청했습니다. 짧은 하루 동안 참으로 많은 일들이 있었습니다. 외로움, 실망감, 불안감, 두려움 등이 한꺼번에 몰려왔습니다. 너무나도 마음이 아파 눈물이 흘러내렸습니다.

다음 날 아침. 씨앗은 눈을 떴습니다. 이슬이 또르르 굴러 내려왔습니다. 씨앗은 이슬 방울 속에 들어가 세수를 하고 몸을 씻었습니다. 시원했습니다.

토란 꽃이 기지개를 켰습니다. 아직 잠에서 덜 깬 목소리로 씨앗에게 말을 걸었습니다.

"넌 씨앗이로구나. 거기서 뭐 하니?"

씨앗이 대답했습니다.

"안녕하세요. 혹시 저 보신 적 있어요?"

토란 꽃이 씨앗을 한참 동안 쳐다보더니 대답했습니다.

"글쎄다. 처음 보는 것 같은데."

씨앗은 실망스런 표정을 지었습니다. 토란 꽃이 물었습니다.

"표정이 왜 그러니?"

씨앗이 힘없이 대답했습니다.

"제가 어떤 씨앗인지 궁금해서요."

토란 꽃이 이해가 안 간다는 표정으로 말했습니다.

"그걸 왜 궁금해하니? 땅 속으로 들어가서 싹을 틔워. 그럼 알 거 아냐."

씨앗이 대답했습니다.

"그건 저도 알죠. 근데, 두려워요. 혹시라도 잡초가 아닐까 해서요."

토란 꽃이 말했습니다.

"잡초가 어때서?"

씨앗이 말했습니다.

"뭐라고요? 잡초가 어떠냐고요? 남의 일이라고 그렇게 쉽게 말해도 되는 거에요? 저 지금 굉장히 기분이 나빠요."

토란 꽃이 하품을 하면서 말했습니다.

"왜 화를 내는지 이해를 할 수가 없구나. 잡초가 어때서? 잡초도 다 쓸모가 있는 거야. 하여간 나는 좀 더 잘 테니까 거기 계속 있던지 가던지 알아서 하도록 해."

씨앗은 기가 막혔습니다.

'잡초가 쓸모가 있다니… 꽃으로 인정도 못 받는 주제에… 토란 꽃 씨앗 아닌 것이 너무 다행이다. 흥!'

기다리던 나비가 날아왔습니다.

"안녕! 어제 본 씨앗이구나. 그런데 왜 여기 있는 거니?"

씨앗이 대답했습니다.

"꽃밭에 있는 꽃들이 저를 미워하는 것 같아서요. 나비님은 안 가본 곳이 없으시다 던데요. 맞아요?"

"그건 좀 과장되었을 뿐이고. 물론, 나비니까 많은 곳을 가본 것은 사실이긴 하지. 요즘은 잠시 이 부근에 정착하고 있지만, 곧 먼 여행을 떠날 거야.

씨앗은 그 말에 귀가 번쩍 뜨였습니다.

"저도 데려가 주시면 안 되요? 제발 부탁 드려요. 제발."

나비는 잠시 생각을 하더니 대답했습니다.

"그러지 뭐. 네가 무거운 것도 아니고. 왜 나랑 같이 가려고 하는 지는 모르겠지만 말이야. 나야 심심하지 않아서 좋겠네."

씨앗은 토란 잎 위에서 펄쩍펄쩍 뛰 었습니다. 이슬 방울 몇 개가 또르르 굴러 떨어졌습니다.

"정말이요? 고마워요. 정말 고마워 요."

나비가 말했습니다.

"나는 내일 아침 일찍 떠날 거야. 여기서 보자꾸나."

다음 날 아침. 동이 텄습니다. 이슬 방울에 세수를 마친 씨앗은 나 비가 나타나기만을 기다렸습니다. 혹시나 안 오는 것이 아닐까 노 심초사했지만, 나비는 약속을 지켰습니다. 씨앗은 나비의 목에 올 라탔습니다.

"자, 출발한다. 꽉 잡아!"

제2부 · 사람들이 사는 세상을
경험하다.

사람들을 동경하게 되다

여행을 떠난 지 반나절쯤 지났을 때였습니다. 소낙비가 내리기 시작하였습니다. 둘은 처마 밑에서 비를 피했습니다. 비는 금방 그쳤습니다. 다시 여행을 출발하려던 찰라. 씨앗이 소리쳤습니다.

"아, 눈부셔!"

소낙비로 인해 생긴 작은 웅덩이 옆에 무엇인가 햇빛에 반사되어 반짝이고 있었습니다. 이들은 반짝이는 것이 무엇인가 확인하러 웅덩이로 날아갔습니다. 그건 깨진 거울이었습니다.

"우와, 신기하다. 내 모습이 보여. 내가 이렇게 생겼구나. 상당이 매력적인걸?"

신기해하는 씨앗을 보며 나비가 말했습니다.

"이건 사람이 만든 거울이라는 거야. 그들은 자연에 널린 것들을 이용해

서 무엇인가를 만들어내지."

씨앗이 말했습니다.

"만들었다고요? 세상에… 사람들은 참 대단한 것 같아요. 식물도, 동물도, 곤충도 그냥 자연에 있는 그대로 살아가는데, 사람들은 자연을 재료로 새로운 것을 만들다니. 사람은 신이 아닐까요?"

나비가 못마땅한 표정으로 말했습니다.

"사람이 대단하긴 하지. 그렇지만, 꼭 그렇지만은 않아. 그들은 거울을 만들지만, 거울의 재료가 되는 모래는 죽었다 깨어나도 못 만들지. 이 땅 위에 동물을 키우고, 먹을 것들을 재배할 줄은 알아도, 이 땅은 만들어내지 못하지. 더 중요한 것은 그 모래를, 그 땅을, 이 자연을, 이 세상을 누가 만들었는지 대부분 모른다는 것이지. 누가 만들었는지 누군가 알아낸다고 하더라도 대부분 관심을 기울이지 않지. 오히려 알아낸 사람을 핍박하지. 안다 하더라도 대부분 믿지는 못하지. 믿는다고 해도 대부분 금방 잊어버리고 살지. 잊어버리지 않는다고 하더라도 대부분 중요하게 여기지 않지. 그러니 사람을 부러워하지 않았으면 좋겠어."

그러나 나비의 이야기가 씨앗의 귀에는 잘 들리지 않는 것 같았습니다. 나비가 말을 이었습니다.

"그래. 너는 지금 내 말이 들리지 않을 거야. 왜냐하면 너의 마음에는 이미 사람에 대한 경외로 가득 차 있을 테니까. 내 말이 한 톨이라도 비집고 들어갈 틈도 없을 테니까. 보지 않고, 겪지 않으면 모르지. 그 누구라도 말이야. 할 수 없지. 사람들이 사는 세상으로 들어가 보는 수밖에."

겉으로 보이는 화려함

"제일 먼저 어디를 구경시켜 줄까?"

나비의 물음에 씨앗은 한참을 생각했습니다. 이 세상에서 가장 화려한 곳을 보고 싶었습니다. 사람들이 가장 많이 모여 살고, 사람들이 만든 다양한 물건들이 아주 많이 있는 곳… 그런 곳이 가장 화려하지 않을까 하는 생각이 들었습니다.

"대도시를 말하는 거구나. 알았다. 가보자. 그런데 너무 큰 기대는 하지마."

반 나절을 날아서 이들은 대도시에 도착하였습니다. 하늘 높은 곳에서 내려다본 그 곳은 말로 표현하기 어려울 정도로 묘하고, 거대하고, 복잡하며, 생명력이 넘치는 곳이었습니다. 해가 지고 난 후 하나 둘씩 켜지기 시작한 형형색색의 불빛들은 화려함 그 자체였습니다. 한 밤이 되자 그 화려함은 극에 달하는 것 같았습니다. 씨앗의 입에서는 탄성이 흘러나왔습니다.

그러나, 도시에 가까이 갈수록 씨앗은 머리가 아파오기 시작했습

니다. 공기가 매캐해서 기침이 나왔습니다. 소음은 또 어찌나 큰지
정신이 하나도 없었습니다.

　나비는 도시의 중심가로 날아가서 지하철역 입구에 멈춰 섰습니
다. 엄청나게 많은 사람들이 무표정한 얼굴로 쉴새 없이 지하철역
층계를 오르락내리락 하고 있었습니다. 천천히 걷는 사람들은 보이
지 않았습니다. 대부분 뛰다시피 걷고 있었습니다. 저 앞 도로에 있
는 건널목에서는 역시 엄청나게 많은 사람들이 무표정하게 서 있다
가 신호등의 파란 불이 켜지면 뛰다시피 길을 건너가곤 했습니다.
도로에도 역시 엄청난 수의 사람들이 무표정한 얼굴로 분주히 걸어
다니고 있었습니다.

씨앗은 얼이 빠진 얼굴로 이러한 장면들을 쳐다보고 있었습니다.

"나는 근처 꽃밭을 찾아 배 좀 채우고 올게. 여기서 잠깐 기다려."

나비가 날아가고 얼마 지나지 않아서, 정장을 멋있게 빼 입은 신사 한 명이 입구에서 멈춰서는 것이 보였습니다. 누군가를 기다리는 듯해 보였습니다. 그는 멈춰 서자마자 가방에서 노트북을 꺼내 들었습니다. 그리고는 정신 없이 노트북에 무엇인가를 치기 시작했습니다. 씨앗이 말을 걸었습니다.

"안녕하세요. 잠시 저랑 대화 좀 나누실래요?"

신사는 씨앗을 힐끗 쳐다보더니 다시 노트북 화면으로 시선을 옮겼다.

"짧게 얘기해. 내가 지금 굉장히 바쁘거든."

"아, 네… 혹시 저와 같이 생긴 씨앗을 본 적 있으세요?"

"그게 뭐가 그리 중요하니. 나는 지금 너무 바쁘단다. 바쁘지 않으면 큰 일 나니까. 바쁘지 않으면 굶게 되니까. 바쁘지 않으면 실패하니까. 바쁘지 않으면 불행해지니까. 바쁘지 않은 것은 인정을 받지 못하는 거니까. 어쨌든 나는 너를 본 적이 없단다. 너무 바빠서 그래."

"도대체 무엇을 위해 그리 바쁘게 살아요?"

"무엇을 위해? 그런 추상적이고 철학적인 질문이 도대체 왜 필요하지? 바쁘면 바쁜 거고, 나는 바빠서 잘 먹고, 잘 살고 있고. 그러면 됐지. 바빠야 성공하고, 성공을 하기 위해서는 바빠야 하는 것이지. 무엇을 위해 바쁘다니… 참으로 어이 없는 질문이구나. 그래도 답을 해야 한다면 해주지. 그냥 바쁘기 위해 바빠. 나는 바빠서 이만…"

신사는 귀찮다는 듯이 자리를 옮겼습니다. 그리고는 다시 바쁘게 일을 하기 시작하였습니다. 그러다가 바쁘게 걸어온 사람을 만났고, 두 사람은 바쁘게 지하철역 안으로 들어갔습니다.

지향점 없는 경쟁의 무의미함

씨앗은 머리가 너무 아팠습니다. 어서 여기를 떠나고 싶다는 생각밖에 들지 않았습니다. 씨앗은 배불리 먹고 돌아온 나비에게 조용하고, 공기 좋고, 한적한 곳으로 가자고 졸랐습니다.

"화려하지 않아도 되니?"

나비의 물음에 씨앗은 고개를 끄떡였습니다. 화려함이라는 것에 대해 실망을 한 씨앗은 눈물을 흘렸습니다. 나비는 씨앗을 바닷가의 한적한 마을로 데려갔습니다.

소박하고 촌스러운 어촌의 마을이었습니다. 무엇보다 공기가 너무 좋았습니다. 드넓은 바다를 보니 가슴이 뻥 뚫리는 것 같았습니다. 나비와 씨앗은 아름다운 석양을 보며 일찍 잠이 들었습니다.

다음 날 아침, 나비는 씨앗을 선착장 인근에 내려놓고 먹이를 구하러 갔습니다. 그 곳에는 남자 한 명이 배를 만들고 있었습니다. 땀을 뻘뻘 흘리며 잠시도 쉬지 않았습니다.

'사람들은 어딜 가나 바쁘구나.'

씨앗이 말을 걸었습니다.

"잠시만 저랑 이야기 하실래요?"

남자는 잠시 주춤하더니 씨앗을 쳐다보았습니다.

"혹시 저를 본 적 있나요?"

남자가 대답했다.

"본 적 없는데… 나는 바쁘니 나중에 얘기하자."

남자는 다시 배를 만드는 일에 집중하기 시작하였습니다. 씨앗이 또 물었습니다.

"근데 어떤 배를 만드시는 거에요?"

남자가 대답했습니다.

"좋은 질문을 했어. 아주 거대하고 멋진 배를 만들고 있지. 그 누가 보더라도 감탄을 할 수밖에 없는 그런 배를 말이지. 모양도 아름답지만, 성능도 최고인 그런 배. 완성만 되면 세상을 깜짝 놀라게 할 거야. 그런 위대한 배를 만들기 위해 벌써 5년이라는 시간을 바치고 있지. 이제 한 달 정도만 있으면 완성된단다."

씨앗이 물었습니다.

"대단하네요. 그런데, 최고인 배는 어떤 배인가요? 머리 속에 잘 그려지지가 않아서요."

남자가 대답했습니다.

"핵심을 찌르는 질문을 했어. 그건 말이지. 음… 저기를 한 번 보도록 해라."

남자가 가리키는 곳에는 또 다른 남자가 배를 만들고 있는 모습이 보였습니다. 그 남자도 땀을 뻘뻘 흘리며 배를 만드느라 쉴 틈이 없었습니다. 규모가 어마어마하게 큰 배였습니다.

"저 녀석이 만드는 배보다 조금이라도 더 큰 배가 될 것이야. 저 녀석은 나와 배를 만드는 일을 하면서 그 동안 계속 경쟁을 해왔지. 오 년 전에 어마어마한 부자가 큰 배를 구입한다는 소문이 돌았지. 그 소문을 듣고 우리 둘은 바로 배를 만들기 시작했어. 저 녀석 역시 내가 만드는 배보다는 조금이라도 더 크게 만들려고 노력하고 있지. 그러다 보니 매일 배의 크기가 커지고 있단다. 물론, 경쟁 때문에 시간이 오래 걸리기도 하고, 재산도 바닥이 났지만, 이번에 배를 팔기만 하면 일하지 않고도 평생을 부자로 살 수 있게 된단다. 어쨌든 나는 저 녀석이 만든 배보다 더 큰 배를 만들고 말겠어. 아 참… 이따가 그 부자가 배를 보러 올 거야. 두고 봐라. 오늘까지는 내 배가 조금 더 크단다."

한 시간 후, 남자의 말대로 부자가 나타났습니다. 부자는 두 남자가 만드는 배를 꼼꼼히 살펴보았습니다. 그리고는 두 남자를 불렀습니다. 부자가 말했습니다.

"정말 대단하오. 내 평생에 이렇게 큰 배는 처음 보았소."

이 말에 두 남자는 자신만만한 표정을 지었습니다. 부자가 말을 이었습니다.

"그런데 말이오. 저 배는 도대체 목적지를 어디로 생각하고 만들었소?"

두 남자는 아무런 말이 없었습니다. 아니, 아무런 말도 할 수가 없었습니다. 왜냐하면, 두 남자는 단 한 번도 이 배가 어디에 갈 배인지를 생각한 적이 없었기 때문이었습니다. 두 남자는 무조건 상대방보다 더 큰 배를 만드는 것만 생각해왔기 때문이었습니다.

부자는 이 말 한마디를 하고 떠났습니다.

"나는 가까운 나라에 갈 배를 사려고 했던 것인데… 저 배들은 너무 커서 그 나라 부두에는 닿을 수가 없을 것 같소."

두 남자는 망연자실한 표정으로 자리에 털썩 주저앉았습니다.

아름다움을 개인적으로 소유하려는 어리석음

따스한 햇살이 내리쬐는 어느 평화로운 오후. 아파트 단지 근처의 아담한 공원에는 젊은 커플이 데이트를 즐기고 있었습니다. 이들이 속삭이는 사랑의 언어만이 적막함을 깨고 있었습니다.

"자기야! 나 사랑해?"

"당연히 사랑하지."

"얼만큼 사랑해?"

"하늘만큼 땅만큼!"

"정말?"

"정말이고 말고."

"언제까지?"

"내가 백 번 죽을 때까지."

"아, 행복해. 자기야. 나도 자기만 사랑해."

아! 주위의 사물들은 오글거림에 몸부림치고 있었습니다. 바로 그 때, 남자의 무릎을 베고 있던 여자가 자리에서 벌떡 일어났습니다. 그리고는 애교 섞인 목소리로 남자에게 말했습니다.

"사랑하는 자기야! 나 저기 저 나비 갖고 싶어. 저 나비 너무 아름다워. 저 나비 잡아줘."

남자는 자리를 박차고 일어섰습니다.

"정말? 내 사랑하는 애기가 저 나비가 갖고 싶다고? 그렇다면 내가 잡아줘야지. 잠깐만 기다려!"

남자는 전쟁터에 나가는 장수와 같은 비장한 표정을 지었습니다. 그리고는, 화단으로 살금살금 다가갔습니다. 가장 키가 큰 국화꽃 위에 있는 나비 한 마리를 노렸습니다. 나비는 졸고 있는 것 같았습니다. 남자는 조심스럽게 손을 뻗었습니다. 조심조심.

씨앗이 소리쳤습니다.

"나비님! 위험해요."

꾸벅꾸벅 졸던 나비는 깜짝 놀라 눈을 떴습니다. 남자의 손이 순식간에 달려들었습니다. 나비는 필사적으로 날갯짓을 하였습니다. 다행히도 나비는 남자의 손아귀에서 벗어날 수 있었습니다. 거의 1밀리미터 차이도 나지 않는 긴박한 순간이었습니다. 나비와 씨앗은 그렇게 한참을 하늘로 올라갔습니다. 아래를 바라보니 남자는 안타까운 표정을 지으며 땅에 주저 앉았고, 여자는 남자의 등을 원망스런 표정으로 두드리고 있었습니다.

나비가 한숨을 쉬며 말했습니다.

"사람들은 참 어리석어. 나 하나 잡아서 뭐 하려고. 나를 소유하는 건 이 세상의 아름다움들 중 겨우 나 하나만큼의 아름다움만 소유하는 것일 텐데… 꽃 한 다발을 소유하는 건 그만큼만의 아름다움만을 소유하는 것일 텐데… 아름다움을 소유하지 않으면 온 세상의 아름다움을 언제나 누릴 수 있을 텐데…"

함께 공존함의 의미

"우와! 대저택이다!"

씨앗이 소리쳤습니다.

"저렇게 집이 크다니. 조그마한 동산이 집 안에 있네요. 마당은 거대한 정원같네요. 저런 집을 가지고 있는 사람은 정말 대단하고 멋있는 사람이겠지요? 정말 부러워요."

나비가 말했습니다.

"저게 부러워? 저게 그렇게 대단해 보여? 물론, 이 집이 이 나라에서 제일 큰 집이지. 나는 이 집을 소유하고 있는 주인을 본 적이 있어. 이 주인은 이백 채가 넘는 집을 가지고 있단다."

씨앗의 눈이 휘둥그래 졌습니다.

"이백 채요? 이렇게 큰 집만 있는 게 아니라요? 우와, 대단한 분이네요."

나비가 냉소적인 표정으로 대답했습니다.

"물론 대단하다고도 할 수 있지. 남들이 갖지 못한 것을 가졌으니까. 그런데 말이야. 저 주택의 주인은 자신이 소유한 만큼 잃은 것이 있단다. 이 지구상에서 남들과 공유할 수 있는 면적은 그만큼 줄어든 거지. 손바닥만한 집을 가진 사람은 남들과 공유할 수 있는 공간이 그만큼 커지는 거란다. 소유한 것이 아무리 많고 커 봤자, 이 세상의 넓이와 비교해보면 아무 것도 아니야. 사람들은 얼마나 더 소유하는 지에 대해서만 관심을 가지고 어리석게 살아가지. 얼마나 더 많이 공유하고, 얼마나 더 많이 공존하고, 얼마나 더 많이 나눌 수 있는 지에는 관심들이 없어."

고통을 달고 사는 어리석음

 야트막한 동산 위에 조그마한 공원이 있었습니다. 나비는 꽃을 찾아 다니며 늦은 점심을 먹고 있었습니다. 씨앗은 그 동안 지나가는 사람들을 구경하고 있었습니다.

 한 남자가 눈에 들어왔습니다. 이 남자의 얼굴은 시커먼 그림자가 드리운 듯 했습니다. 피부는 푸석했고, 이마는 잔뜩 찌푸린 듯 주름살이 여러 줄 있었습니다. 걸어가는 폼은 기운이 하나도 없어 보였습니다. 몸은 움츠러들어 등부터 꾸부정하게 굽어 있었고, 눈은 땅을 향해 있었습니다. 얼굴 가득 고통스런 표정으로 일그러져 있었습니다. 걸어갈 때마다 습관적으로 이런 말들을 내뱉었습니다.

 "아이고, 힘들어."

 "힘들어 죽겠네."

 "아이고, 내 팔자야."

 남자는 씨앗이 있는 바위를 지나쳐 갔습니다. 씨앗의 눈에 이 남자의 뒷모습이 들어왔습니다. 남자의 등에는 아주 커다란, 그러니까, 남자 머리의 삼 십 배정도 되는 둥그런 무엇인가가 얹혀 있었습니다. 아마 저 짐 때문에 그리 힘든가 보다라고 씨앗은 생각했습니다.

나비가 돌아왔을 때, 씨앗이 부탁했습니다.

"저 남자 좀 따라가 주세요."

"저기 저 남자? 알았다."

남자는 걸을 때도, 뛸 때도, 밥을 먹을 때도, 물을 마실 때도, 화장실에 갈 때도, 일을 할 때도, 집에 들어가서 쉴 때도, 심지어 잠을 잘 때도 그 커다란 덩어리를 지고 있는 것이었습니다. 물론, 그의 입에서는 쉴새 없이 '힘들다', '죽겠다'는 소리가 새어 나왔습니다.

나비와 씨앗은 남자가 잠에서 깨어날 때를 기다렸습니다. 남자는 힘겹게 자리에서 일어나서 기지개를 켰습니다. 물론, 등에는 커다란 짐을 진 채 말입니다. 씨앗이 물었습니다.

"아저씨! 궁금한 게 있어요."

"아이고, 죽겠다. 뭐가 궁금하니? 아이고, 힘들다."

"아저씨 등에 지고 있는 것이 뭐에요"

"아이고, 죽겠다. 등에 있는 거? 아이고, 힘드네. 이건 말이야. 삶의 무게라는 거야. 아이고, 죽겠네. 살면서 갖게 되는 부담, 고통,

슬픔, 괴로움, 고민 등이 다 들어있지. 아이고, 죽겠다."

　나비가 길을 재촉했습니다. 한참을 날아 올랐을 때 나비가 입을 열었습니다.

　"사람들 참 미련하지? 저걸 왜 항상 짊어지고 다닐까? 저 짐을 내려놓고 살아도 될 텐데. 내려놓고 잠을 자도 될 텐데. 일하러 갈 때에도 저 짐을 집에 내려놓고 나오면, 편하게 걷고, 편하게 뛰고, 편하게 밥을 먹고, 편하게 화장실을 가고, 편하게 사람들을 만날 텐데. 삶이 참 쉬워질 텐데. 등이 펴질 텐데. 찌푸린 표정이 없어질 텐데. 주름살이 생기지 않을 텐데. '죽겠다', '힘들다'는 습관적인 말도 없어질 텐데. 아주 간단한데. 가볍게 사는 방법은…"

잔인함의 일상화에 빠진 사람들

　방학 동안 어느 학교에서 개최한 수련회에서 학생들 여러 명이 물에 빠져 숨지는 안타까운 일이 벌어졌습니다. 학생들이 말을 듣지 않는다고 교관이 물에 빠뜨렸다가 비극이 발생한 것이었습니다. 전국이 충격에 빠졌습니다. 책임자도 분명치 않았습니다. 유족들 대표자가 기자들 앞에 섰습니다. 20대 초반의 유족 대표는 울먹이는 목소리로 말했습니다.

　"저희 유가족들은 책임자에 대한 분명한 처벌과 향후 이 같은 일이 발생하지 않도록 명백한 대책이 나올 때까지 장례식을 연기합니다."

　이 장면은 방송을 통해 전국에 생방송 되었습니다. 나비와 씨앗도 사람들 틈에서 이 장면을 보고 있었습니다. 이를 보던 초등학생 한 명이 혼잣말로 말했습니다.

　"보상금 더 타먹으려고 하는 짓이야."

씨앗은 충격을 받았습니다. 그 때 그 옆에 있던
한 아주머니도 충격을 받은 듯 했습니다.

"아니, 어린 아이가 어떻게…"
그 때 그 아주머니와 함께 있던 아저씨가 무표정
한 말투로 말했습니다.

"어린 아이들이 하는 소리인데 뭘…"
씨앗은 이 말에 더 충격을 받았습니다.
어른이 아니라 어린 아이가 저런 생각을
하는 것이 더 큰 문제일 텐데…

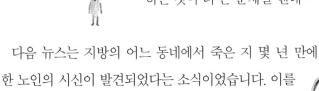

다음 뉴스는 지방의 어느 동네에서 죽은 지 몇 년 만에
한 노인의 시신이 발견되었다는 소식이었습니다. 이를
보던 청년 한 명이 혼잣말로 말했습니다.
"에휴, 연고자도 없다니. 늙으면 곱게 죽을 것이지.
결국 또 내 세금으로 처리하겠구만."
씨앗은 또 충격을 받았습니다.

그 다음 뉴스는 사채 업자의 협박에 못 이겨 자살한 어느 40대 가
장의 소식이었습니다. 이를 보던 어느 30대 아저씨가 혼잣말로 말
했습니다.
"그러니까 누가 빚더미에 오르래? 하여간 능력 없는 것들은 다
죽어야 해. 돈을 빌려 썼으면 갚아야지. 정신력까지 없어. 거 참 잘

죽었다."

　씨앗은 완전한 충격을 받았습니다. 이를 본 나비는 씨앗이 걱정
이 되어 급히 자리를 떴습니다.

두 종류의 식사

"에고, 이거. 큰 일이다. 길을 잘못 들었어."

나비가 당황스러운 목소리로 말했습니다. 충격 받은 씨앗을 데리고 서둘러 날아가다가 그만 어느 커다란 건물 안으로 들어오게 된 것입니다. 회전문을 통해서 들어온 것 같은데, 그 곳이 어딘지 잘 기억이 나지 않았던 것입니다.

씨앗의 눈에는 커다란 로비에 사람들이 바글거리는 것이 들어왔습니다. 나비가 말했습니다.

"여기는 호텔이야. 최고급 호텔로 유명한 곳이지. 일단 레스토랑으로 가보자. 그 곳 주방의 환기구를 통해 밖으로 나갈 수 있을 거야."

레스토랑은 고급 대리석과 화려한 인테리어로 꾸며져 있었습니다. 그 곳에서 식사를 하는 사람들은 하나같이 고급스러운 옷을 입고, 여유가 넘치는 표정을 하고 있었습니다. 테이블 개수도 아주 많았습니다. 이들 중 하나가 눈에 들어왔습니다.

이 테이블에는 우아한 숙녀들 세 명이 앉아 있었습니다. 테이블 위에는 아주 맛있게 생긴 요리들이 가득했습니다. 하나같이 엄청나게 비싸 보이는, 말 그대로 최고급 요리임이 틀림없었습니다. 그런데, 이상한 것은 요리를 먹는 숙녀들의 표정이 밝아 보이지 않았습니다. 이들이 하는 소리가 들렸습니다.

"처음 먹을 때는 달팽이 요리가 참 괜찮았는데… 하도 많이 먹으니까 요즘은 별로야."

"맞아. 처음의 그 느낌과 감동이 없어."

"스테이크도 그저 그래. 고기가 별로인가봐."

"다른 레스토랑을 알아봐야겠어."

"와인 맛도 오늘은 썩… 역시 와인은 프랑스 본토에서 먹어야 해."

"맞아. 기억나지? 작년에 파리 갔을 때 호텔에서 맛본 그 와인 말이야. 역시 비싼 게 최고더라고. 200만원이었던가?"

"어쨌든 오늘 기분 별로다."

다행히도 천장 근처에 열려 있는 창문을 찾아 밖으로 나올 수 있었습니다. 호텔을 빠져 나온 나비는 열심히 날갯짓을 했습니다. 나비도 당황했나 봅니다. 등 뒤로 식은 땀이 흘러내리고 있었습니다.

그 후, 이들이 도착한 곳은 어느 대학교였습니다. 커다란 건물 앞에는 넓은 나무 탁자가 가운데 놓여 있고, 탁자를 중심으로 사람들이 마주 보고 앉을 수 있는 길다란 의자도 양쪽에 있었습니다. 이런 테이블 세트들이 길게 줄지어 늘어서 있었습니다. 때마침 점심 시간이라서 그런지 학생들이 삼삼오오 모여 점심을 먹고 있었습니다.

맨 왼쪽 가장자리에 허리가 굽은 할머니가 앉아서 손수건으로 연신 흐르는 땀을 닦고 있었습니다. 건너편 의자에는 앳된 얼굴의 소녀가 앉아서 할머니를 사랑스러운 눈으로 쳐다보고 있었습니다. 손녀가 입을 열었습니다.

"할머니, 조금만 기다리세요. 얼른 갔다 올게요."

손녀는 할머니의 손을 꼭 쥐었다가 놓고는 자리를 떴습니다. 십 분쯤 지났을까요. 손녀의 손에는 식판 한 개가 들려 있었습니다. 한 명이 먹을 수 있는 식판에는 밥과 반찬이 가득 담겨져 있었습니다.

"할머니, 어서 드세요. 식기 전에요."

할머니가 손녀를 안쓰러운 눈으로 쳐다보면서 말했습니다.

"에휴. 네가 나 때문에 고생이 참 많구나. 고맙다."

손녀는 할머니의 손에 숟가락과 젓가락을 쥐어 드리며 대답했습니다.

"할머니! 그런 말씀 마세요. 지금까지 저를 키워주신 것만 해도 저는 평생 다 못 갚아요. 어서 드세요. 할머니. 제가 얼른 돈 벌어서 2인분을 떳떳하게 시키는 모습 보여드릴게요."

할머니가 손사래를 치면서 말했습니다.

"아니다. 이렇게 나누어 먹는 밥이 더 맛있구나."

손녀가 밝게 미소를 지으며 말했습니다.

"어서 드세요. 할머니. 오랜만의 외식인데…"

나비는 두 사람의 진수성찬을 축하하기 위해 한동안 이들의 주위를 맴돌았습니다. 씨앗도 이들의 정겹고 눈물 나도록 아름다운 모습을 말없이 내려다 보았습니다. 다행히도 계속 어둡던 씨앗의 표정이 조금은 밝아졌습니다.

삶의 주도권에 대해

"이제 이 곳을 떠나요."

씨앗이 말했습니다. 나비가 대답했습니다.

"괜찮니?"

씨앗은 아무런 대답이 없었습니다.

"사람들에게 많이 실망했지? 나도 처음에는 사람들에 대해 동경을 했었단다. 만물의 영장이라고 말이지. 그런데, 내 동경은 그저 착각이었단다. 물론, 사람들이 처음부터 저러지는 않았을 거야. 서로 사랑하고, 아끼고, 도와주고, 나누어주면서 살았겠지. 자연과 함께 하면서 말이야. 이제 자연으로 가자. 자연은 너에게 진짜로 소중한 것들을 보여줄 거야."

씨앗은 여전히 아무런 대답이 없었습니다. 나비는 근처에 있는 숲 속을 향해 날갯짓을 시작했습니다.

70층이 넘는 화려한 건물이 보였습니다. 돈 많은 사람들이 사는 곳 같았습니다.

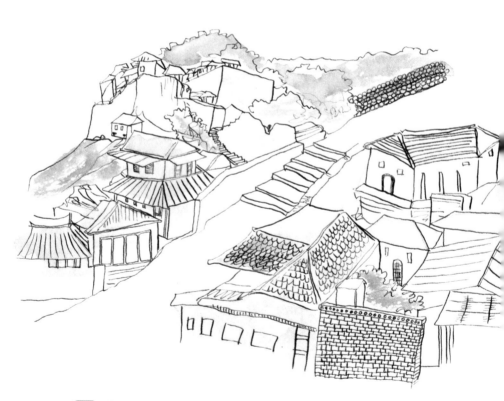

그런데, 바로 그 건너편에는 너무나도 초라한 동네가 보였습니다. 이 세상에서 가장 가난한 사람들이 사는 동네가 틀림없었습니다. 길 하나를 두고 이토록 다른 세상이 존재한다니. 사람들의 표정은 하나같이 어둡고 칙칙했습니다. 이 곳에서 웃고 사는 사람은 절대로 없을 것 같았습니다.

씨앗이 말했습니다.

"어서 지나가요. 저까지 우울해지려고 해요."

그 때였습니다. 행복한 웃음 소리가 들렸습니다. 아래를 내려다보니 40대 중반의 한 남자가 아주 좁은 집 안에서 하늘을 보고 밝게 웃고 있었습니다. 나비와 씨앗은 궁금해졌습니다. 도대체 이런 환경 속에서 왜 웃고 있는지 말입니다. 혹시 미친 건 아닐까 하는 생각도 들었습니다.

씨앗이 물었습니다.

"아저씨! 아저씨는 뭐가 그리 좋으세요?"

아저씨가 대답을 했습니다.

"집 안에 햇빛이 들어오니까."

나비와 씨앗은 어이가 없다는 표정으로 서로의 얼굴을 바라 보았습니다. 아저씨가 말을 이었습니다.

"왜, 이해가 안 가니? 항상 존재하는 햇빛 때문에 이토록 즐거워하는 것이? 그러겠지. 이제부터 내 얘기를 잘 들어봐. 그럼 너희도 이해가 갈 거야.

나는 몇 년 전 사업에 실패를 하고 완전히 거지 신세가 되었단다.

정말 쫄딱 망한 거야. 가족들과 연락도 끊겼지. 매일 술을 마시고, 좌절하고, 눈을 뜨면 또 술을 마시고… 그러다가 스스로 목숨을 끊어야겠다는 생각을 했단다. 그리고는 높은 빌딩의 옥상으로 올라갔어. 신발을 벗고 옥상 난간으로 올라섰단다. 눈물도 나오지 않더라. 그리고는 발을 떼려는 순간, 한 생각이 나의 뇌리를 번쩍하고 스쳐지나갔지. 그건 바로 '삶의 주도권'에 대한 것이었어.

　사업이 망하기 전까지는 항상 나의 삶이 외부 환경, 그리고, 다른 사람들, 특히, 힘있는 사람들에 의해 결정된다고 생각했지. 그래서 나는 외부 환경과 힘이 있는 사람들에게 나의 생사를 맡겨놓고, 오로지 이들만을 위해 충성하면서 살아왔단다. 이들이 결정하면 따르고, 이들이 싫어하면 하지 않고, 이들이 좋아하는 것만 하면서 말이야. 그런데, 스스로 죽기 위한 지경에 내몰리니까… 그 순간 생사에 대한 결정권이 내 손안에 있더라고. 내 의지에 따라 한 발자국을 앞으로 내밀면 죽는 것이고, 내 의지에 따라 한 발자국 뒤로 물러서면 사는 것이고. 즉, 삶의 주도권이 내 손안에 들어와 있다는 것을 깨달은 거야.

그래서, 나는 그 자리에서 내려왔단다. 내 스스로가 나를 살린 것이지. 오로지 내 결정에 의해. 그리고는 뒤도 돌아보지 않고, 내 스스로의 뜻에 따라 살기 시작했단다. 체면이고 뭐고, 나 스스로를 먹여 살리기 위해, 내 뜻대로, 내 결정대로 일을 했단다. 타인에 의해서가 아니라. 그랬더니 어떤 일도 다 소중하게 느껴지더라고. 그렇게 정신 없이 일을 했더니, 드디어 2년 만에 지하 방에서 나올 수 있었단다. 오늘 아침에 초라하긴 하지만 지상에 있는 이 곳으로 이사를 왔단다.

그런데 말이야. 집에 햇빛이 있는 거야. 내가 잘 나갈 때 살던 넓은 집에서도 분명히 집에 햇빛이 들어왔을 텐데. 그 때는 늘 보던 거라 인식도 못했었는데. 2년 동안 지하에서 살 때는 집에 햇빛이 들어오지 않았었거든. 햇빛이 들어오지 않는 곳에 살아봤니? 얼마나 우울한지 알아? 그런데, 지상으로 올라오니까 집에 햇빛이 들어오는 거야. 글쎄. 어찌나 따뜻하고 고마운지. 그 동안 결핍만을 느끼며 살아왔는데, 내 주위에는 참으로 소중한 것들이 언제나 풍요롭게 있었다는 것을 깨달은 순간 기쁨의 눈물이 흘렀단다. 그리고, 그 기쁨은 곧 커다란 웃음으로 바뀌게 되었지.

이제 내가 크게, 기쁘게 웃는 이유를 이해하겠니?"

나비와 씨앗은 아저씨와 행복한 이별을 하였습니다. 씨앗이 말했습니다.

"사람들 세상이 어두운 면만 있는 것은 아니었네요. 저런 조그만 희망들이 모이면 좋은 세상이 되겠죠. 저 아저씨, 꼭 재기해서 가족들과 다시 만났으면 좋겠네요. 다행히도 저 아저씨 덕분에 힘이 나요."

나비가 기쁜 표정으로 말했습니다.

"다행이야. 네가 충격들을 받고 계속 우울한 표정을 짓고 있길래 얼마나 걱정을 했는데. 이제 숲 속으로 가서 좀 쉬도록 하자."

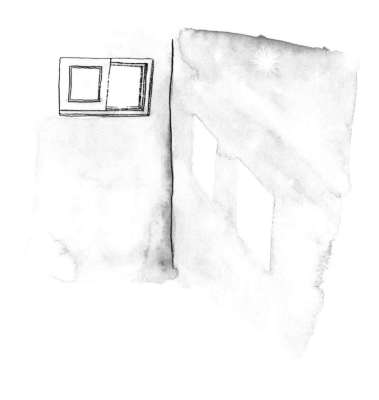

제3부 · 자연에서 배우다

매미의 기다림

나비는 씨앗을 바람의 영향으로부터 보호하기 위해 제법 키가 큰 잣나무로 갔습니다. 나무 줄기의 중간 지점에 조그마한 홈이 파여 있었는데, 이 곳은 안전한 곳이었습니다. 씨앗을 조심스럽게 내려놓은 후, 나비가 말했습니다.

"너는 지금 휴식이 필요할 거야. 여기서 쉬고 있어. 나는 나대로 여행을 갔다 올게. 열흘 후에 데려오마."

나비가 떠난 뒤 씨앗은 자리에 누웠습니다. 많은 생각들이 들었습니다. 그러나, 아직 뭐라고 확실히 다가오는 것은 없었습니다. 복잡하게 생각하지 않고 그냥 쉬자는 마음이 들었습니다. 구멍 옆에는 매미 한 마리가 하루 종일 '맴맴맴맴'하고 노래를 불러댔습니다.

졸리면 잤습니다. 잠에서 깨어나면 이슬에 세수를 하였습니다. 그러다가 목이 마르면 목을 축이고, 배가 고프면 먹고, 멍하니 밖을 내다보기도 하고, 매미의 노래를 감상하기도 하고, 그러다가 졸리

면 자고… 이런 생활들이 반복되었습니다.

"아, 사는 것이 이렇게 지루하다니. 아무리 아름다운 꽃이면 뭐해. 매일 똑같은 자리에서 죽을 때까지 늘 똑같은 삶을 무의미하게 반복하면서 살게 될 텐데… 그러고 보니 꽃이나 잡초나 거기서 거기네.'

매미의 노래 소리조차 지겨웠습니다. 씨앗은 매미에게 짜증을 냈습니다.

"아, 정말. 이제 그만 좀 할 수 없어요?"

갑자기 매미가 노래를 멈추었습니다. 그리고는 정적이 흘렀습니다. 갑작스러운 매미의 반응에 씨앗은 당황함을 느꼈고, 미안하다는 표정으로 매미를 바라보았습니다. 씨앗이 조심스럽게 말을 꺼냈습니다.

"미안해요. 짜증을 내서."

매미는 오히려 잔잔한 미소를 지으면서 대답을 하였습니다.

"아니야. 미안하긴. 내가 미안하지. 내 존재 때문에 짜증이 났으니… 그 동안 나 때문에 많이 시끄러웠지? 이제 내 노래를 듣는 일은 더 이상 없을 거야. 왜냐하면, 오늘이 내 삶의 마지막 날이기 때문이지."

씨앗이 놀라서 물었습니다.

"마지막이라고요? 그럴 리가… 여기 오신 지 이제 일주일밖에 안 되셨잖아요. 무슨 수명이 그리 짧아요? 일주일이라니…"

매미의 목소리가 점점 작아졌습니다.

"일주일? 하하. 그렇게 보였겠지. 하지만 나는 일주일 전 이 나무에 오르기 전에 17년 동안 땅 속에 있었단다."

씨앗이 놀라서 외쳤습니다.

"17년이요? 대단하네요. 17년 동안 뭘 하신 거에요?"

매미가 답했습니다.

"땅 속에 있었다니까. 못 들었니? 그냥 땅 속에서 있었어."

씨앗이 말했습니다.

"못들은 게 아니라, 믿어지지 않아서요. 어쨌든 그냥 땅 속에서요? 그것도 17년 동안? 저는 일주일을 밖에서 가만히 있어도 힘들어 죽겠는데, 어떻게…"

매미가 대답했습니다.

"사실 나도 처음에 이 세상에 태어났을 때, 땅 속에서 오랜 기간 있어야 한다는 걸 깨닫게 되었지만, 그게 17년이나 될 지는 몰랐단다. 그러나, 나에게는 약속이 주어진 것도 깨닫게 되었지. 언젠가는 땅 위로 올라가서 찬란한 노래를 할 수 있으리라는 약속 말이야. 아마 이 약속이 없었다면 나는 답답함에 몸부림치다가 금방 죽었을 거야. 물론, 중간에 불안함도 있었단다. 혹시라도 이렇게 살다가 그냥 땅 속에서 죽는 것은 아닐까 하는 불안함 말이야. 그럴 때면, 이 상황에서 도망을 치려고 몸부림치기도 하였지. 하지만, 그걸 이겨낼 수 있었던 것은 믿음이었단다. 약속에 대한 믿음, 그리고, 나에 대한 믿음. 믿음을 갖게 되니 희망이 생기고, 답답하던 마음이 사라지더라고. 약속에 대한 믿음과 희망만 있다면 17년? 그거 별거 아니야. 순간순간이 축복이 될 수 있지. ”

씨앗이 말했습니다.

“일주일간 찬란한 노래를 부를 수 있다는 약속, 믿음, 그리고, 희망… 그것 하나를 위해 17년을 기쁘게 기다렸다….”

매미가 힘겹게 말했습니다.

“이제 기운이 없구나. 갈 때가 된 것 같아. 한 가지 더 얘기해줄 것이 있는데 말이야. 나는 지금 눈이 감겨오는 구나. 안녕!”

씨앗이 뭐라고 이별의 말을 전할 새도 없이 매미는 나무 기둥에서 ‘툭’하고 아래로 떨어져버렸습니다. 씨앗의 눈에서는 안타까움의 눈물이 흘러내렸습니다.

하루살이가 가르쳐준 하루의 소중함

"울지마!"

씨앗의 앞에는 작은 하루살이 한 마리가 날아와 있었습니다.

"매미는 이 세상에서 가장 아름답고 행복한 삶을 살다가 간 거야. 그렇게 울 필요 없어. 게다가 마지막으로 너에게 좋은 말까지 하고 갔기 때문에 더 행복했을 거야."

씨앗이 말했습니다.

"그렇지만…."

하루살이가 씨앗 옆에 내려와 앉았습니다.

"세상은 나를 제일 불쌍하게 생각하지. 단 하루만 산다고. 어쩌면 그래서 하찮게 여기는 지도 모르지. 하지만, 나는 단지 하루만 사는 것이 아니란다. 단 하루를 살기 위해 3년간 유충으로 지냈단다."

씨앗은 놀랐습니다.

"하루를 위해 3년간이나요?"

하루살이가 말했습니다.

"그래. 3년간. 아까 우연히 지나가다가 너와 매미가 대화를 나누는 것을 들었지. 그냥 지나치려고 하다가 매미가 마지막으로 해주고 싶은 말을 다 하지 못해주고 가서, 안타까운 마음에 너에게 온 것이란다. 바로 매미의 그 마지막 말을 해주려고….."

"그게 뭔데요?"

"나에게 하루는 평생이지만, 너와 같이 하루 이상을 살게 된다면, 때로는 그 하루가 지겹게 느껴질 때가 있지. 그러나, 잊지 마. 하루는 씨앗이야. 매일 새롭게 피어날 수 있는 씨앗. 씨앗이 매일 주어지니 얼마나 행운이니. 우리에게는 단 한 번 주어지는데. 씨앗아! 작고 까만 네 몸 속에 과거와 현재와 미래가 다 들어있는 것처럼 지금의 이 하루 속에 우주가 있단다. 오늘 하루가 있기까지 많은 꽃들이 피고 졌단다. 하루는 우리가 존재하고 기대는 모든 것이야."

하루살이는 씨앗이 잠시 생각할 시간을 주는 듯 말을 멈추었다가 계속 이어나갔습니다.

"이제 땅 위에서의 내 생도 절반이나 지났구나. 유충으로 3년을 지내다가 세상으로 나오게 되면, 하루살이는 위대한 지혜를 물려받게 된단다. 하루에 대해서… 혹시 알고 싶니?"

씨앗이 간절하게 '네'라고 대답을 하였습니다. 하루살이가 따뜻한 표정으로 이야기했습니다.

"그 지혜를 말로 해주다가는 또 내 일생의 상당 부분이 가니까, 두루마리 하나를 주고 갈게. 네가 읽어봐. 이 안에 그 지혜가 다 써 있단다. 나는 간다. 나머지 여생은 가로등으로 가서 보낼 거야. 화려한 불빛 아래에서 다른 친구들과 하루를 살게 해준 하늘에 감사하는 춤을 출거거든. 최선을 다해서 출거야. 그러다가 기쁘게 죽음을 맞이할거야. 죽은 뒤 나의 시체를 쓸어 담아서 처리해줄 청소부 아저씨게 축복을! 그리고, 아직도 씨앗인 그대에게 한 없는 부러움을! 아직 피어 올릴 무엇인가가 있는 가능성 그 자체로서의 당신에게 축하를!"

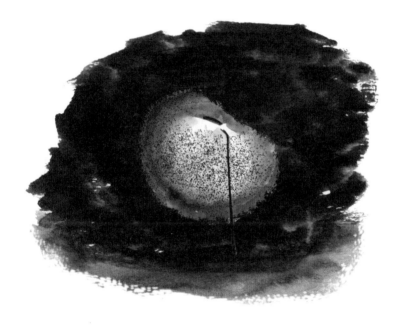

하루살이는 씨앗에게 조그마한 두루마리를 넘겨주고 떠나갔습니다. 씨앗은 하루살이들에게는 평생의 역작이었을 두루마리를 조심스럽게 펴보았습니다. 그 곳에는 다음과 같은 내용이 적혀있었습니다.

하루 사용 매뉴얼

이 하루 사용 매뉴얼은 지난 수 천년 동안 아름다운 이 세상에서 살다간 하루살이들에 의해 만들어졌습니다. 이 매뉴얼은 만물의 영장인 사람들이 사용하는 시간을 기준으로 하여 구성하였으며, 사람들의 삶을 관찰한 내용들을 바탕으로 구성되었습니다. 이 매뉴얼은 수천 년의 시간을 거쳐오면서 지속적으로 보완 및 업데이트 되었습니다. 물론, 앞으로도 이 작업은 계속될 것입니다.

항상 관찰의 대상이 되고 있는 만물의 영장들께 감사드릴 따름입니다. 오!!! 제발 만물의 영장들이 자신의 본 모습을 찾기를!!! 오!!! 제발 만물의 영장들이 과거의 본래 모습으로 돌아오기를!!!

이 매뉴얼은 하루살이 저작권 법에 의해 보호됩니다. 따라서 이 사용 설명서의 일부 또는 전체를 임의로 바꿀 수 없습니다.

단, 사용 매뉴얼을 더 훌륭하게 만들기 위해 좋은 내용들을 추가하거나, 많은 이들의 인생을 변화시키기 위한 목적으로 널리 퍼뜨리는 행위는 하늘로부터 복을 받습니다.

목차는 다음과 같습니다.

● 하루의 기본 사양

수 명	24시간 또는 1,440분 또는 86,400초
생 성	매일 00:00시 정각
소 멸	매일 24:00 정각
구 성	• 시간적으로 새벽, 아침, 점심, 오후, 저녁, 밤 등으로 구성 • 주인에 따라 다르게 분류되기도 함. 예를 들면, 직장에 있을 때와 아닐 때, 일을 할 때와 안 할 때, 잠을 잘 때와 깨어 있을 때, 돈 버는 일에 도움이 될 때와 안 될 때, 행복할 때와 행복하지 않을 때, 재미있을 때와 재미없을 때, 사랑하는 사람과 같이 있을 때와 아닐 때, 미워하는 사람과 같이 있을 때와 아닐 때, 좋아하는 일을 할 때와 아닐 때, 맛있는 것을 먹을 때와 아닐 때 등
특 징	• 무색무취 • 사람들의 눈에 보이지 않음 • 보이지는 않으나 의식하면 느낄 수 있음 • 주인이 태어날 때부터 죽을 때까지 매일 생성과 소멸을 반복
기 능	• 주인이 어떻게 관리하느냐에 따라 천차만별임 • 부정적인 기능 : 하는 일에 도움이 안 됨, 발목을 잡음, 무기력·좌절·낭패·후회 등을 느끼게 함 등 • 긍정적인 기능 : 활력소 제공, 기적 제공 등 매우 다양
가 치	• 어떤 주인을 만나느냐에 따라 천차만별임 • 주인이 어떻게 사느냐에 따라 매일 새롭게 결정됨

● 기능 및 특징

Memory : 하루는 기억력이 매우 뛰어나다. 주인이 하루에 한 일을 충실히 기억해 두었다가 소멸되기 전 다음날을 위해 생성되는 하루에게 그대로 인수 인계한다.

Repeat : '단순 반복' 기능이라 할 수 있다. 하루는 전 날 인수인계 받은 그대로 하루의 일정을 반복하려는 고집스러움을 가지고 있다. 전날 일찍 일어나면 오늘도 자동적으로 일찍 눈을 뜨게 되는 것은 바로 이 기능 때문이다. 전날 기분이 유쾌했던 것, 긍정적으로 살고자 노력한 것, 최선을 다해 열심히 일한 것, 일할 수 있음에 감사를 드린 것, 사람들과 잘 지낸 것, 상대방을 칭찬한 것, 칭찬받을 만한 일을 한 것, 맛있게 밥을 먹은 것, 즐겁게 일에 임한 것, 누군가를 도와준 것, 성과를 낸 것 등도 그대로 반복한다. 물론 이와 반대의 경우인 늦게 일어난 것, 불평불만을 늘어놓은 것, 대충 일한 것, 상대방을 험담한 것, 누군가가 도움을 요청하는 것을 알고도 모른 척 한 것 등도 그대로 반복하니 조심해야 한다. 가슴에 손을 얹고 생각했을 때 오늘 부정적인 생각과 행동을 많이 했다면, 그 다음 날 부단한 노력을 하지 않으면 '단순 반복' 기능이 '습관' 기능으로 발전하게 되어 평생 그렇게 살게 된다.

Storage : 말 그대로 '보관' 기능이다. 새로운 하루에게 인수인계를 끝마치고 나서, 소멸되기 전 하루는 주인이 하루 동안 얻은 자산을 창고에 보관한다. 여기서 말하는 자산에는 긍정적인 자산과 부정적인 자산을 모두 말한다. 긍정적인 자산에는 깨달음, 극복, 성취감, 성실, 근면, 기쁨, 희망, 자신감, 끈기, 창의성, 배려심, 자립심, 봉사 정신, 신념, 믿음, 노력, 감사, 감동 등이 있다.

부정적인 자산은 불평불만, 후회, 원망, 패배감, 포기, 두려움, 게으름, 무기력 등이 있다.

Ripening : 한국 말로 '숙성' 기능을 말한다. 보관된 자산을 있는 그대로 쌓아 놓는 것이 아니라, 숙성시켜준다. 숙성된 긍정적인 자산은 하루의 주인이 인생에서 중대한 계기를 맞을 때 무기로 쓸 수 있게 되거나, 어려운 일에 닥치게 되었을 때 극복해낼 수 있는 힘으로 바뀌거나, 성공적인 삶을 살 수 있도록 해주는 토대가 되어주기도 하고, 인생의 기적을 만드는 역할을 수행하기도 한다. 숙성된 부정적인 자산은 주인이 전혀 준비하지 못하거나 예측하지 못한 상황에 갑자기 나타나서 삶을 고통에 빠지게 하고, 좌절하게 만들며, 다시 일어서지 못하게 한다.

Purification : 하루의 창고는 오염물을 싫어한다. 여기서 오염물이란 부정적인 자산을 말한다. 하루의 창고는 아래칸에 부정적인 자산을 쌓아두고, 위칸에 긍정적인 자산을 쌓도록 설계되어 있다. 긍정적인 자산이 아주 많이 쌓이게 되면 아래 칸을 강하게 압박하여 부정적인 자산이 쭈글어 들어 힘을 쓰지 못한다. 바로 이러한 과정을 하루의 정화 작용이라고 한다. 따라서, 이제까지 부정적인 자산을 쌓아왔다고 해서 걱정할 필요가 없다. 지금부터라도 긍정적인 자산을 쌓아나가면 나중에 정화 작용의 혜택을 누릴 수가 있다.

● 바이러스 감염 시 대처 요령

　부정적인 자산이 긍정적인 자산보다 많아지게 되면 하루가 바이러스에 감염되게 된다. 바이러스에 감염되면 주인의 입에서 '하는 일마다 되는 게 없다', '사는 게 재미가 없다', '우울하다', '모든 일이 의미가 없다', '매사에 자신감이 없다', '미래가 불투명하여 불안하다' 등과 같은 말들이 되풀이 되어 나오게 된다. 이 때에는 당황하지 말고 바로 응급 처치에 들어가야 한다. 이 때 제대로 된 응급 처치가 이루어지지 않으면 '몇 년 동안 절망에 빠지는' 치명적인 바이러스 단계로 급속하게 진행되어 손을 쓸 수가 없게 된다.

　다행히도 바이러스에 걸린 하루를 치료하는 매우 효과적인 백신들이 개발되어 있으니, 바로 다음과 같은 것들이다. 여기서 주의할 점이 한 가지 있다. 여기서 소개하는 여러 가지 백신들은 하나만 선택해서 실행해서는 안 되고 모든 백신들을 순차적으로 실행해야 한다는 것이다.

· ·

반성 백신 : 지금까지의 삶을 돌아보면서 부정적인 자산을 쌓게 된 생각과 행위들을 진심으로 반성하는 절차다. 반성 백신은 주로 종교계에서 많이 개발하여 보급하고 있다. 눈물이 동반되면 최고의 효과를 얻을 수 있다. '회개 백신', '뉘우침 백신', '속죄 백신' 등 매우 다양한 기능의 백신들이 무료로 배포되고 있으니 적극 활용할 것.

용서 백신 : 세상은 온통 용서를 해야 하는 것 투성이이다. 스스로를 용서하라. 주변 환경을 용서하라. 그 동안 스스로를 힘들게 했던 과거를 용서하라.

미워하는 사람들을 용서하라. 나를 힘들게 하는 사람들을 용서하라. 용서를 하는 순간, 그 자리를 '사랑'이 채우게 된다. 기적이 시작되는 시점이 바로 여기에서부터이다.

감사 백신 : 지금이라도 반성을 할 수 있는 것, 반성할 수 있는 기회를 맞게 된 것, 지금까지의 삶이 부정적인 자산으로 가득 차 있었음을 깨달을 수 있게 된 것, 앞으로 새롭게 하루를 맞이할 수 있게 된 것, 어려움을 극복할 수 있는 기회를 얻게 된 것, 극복을 통해 강해질 수 있는 기회를 얻게 된 것 등에 감사하도록 만들어주는 백신이다. 이 백신을 성공적으로 실행하면 마음에 평화가 찾아온다.

겸손 백신 : 그 동안 살아오면서 세상에 대해 교만했던 경험을 되살리고, 주위 환경과 사람들에 대해 자신을 낮출 수 있는 지혜를 키워주는 백신이다. 교만은 선입견, 자만, 짧은 지식으로 가득 차 있어서, 세상의 좋은 지혜가 들어설 곳이 없도록 한다. 이와는 반대로 겸손은 자신의 그릇을 완전하게 비우는 일이다. 완전히 비워야 인생의 진짜 보물들을 가득 채울 수 있다.

희망 백신 : 고통을 통해 더 강해지고, 그 결과 앞으로 어떤 일이든 잘 대처하여 더 많은 것들을 이루어낼 수 있다는 의지를 불태우도록 해주는 백신이다. 이때부터 하루의 창고가 정화 작용을 가동하게 되고, 주인의 삶은 희망을 중심으로 재편성되어 새롭게 움직이기 시작한다.

구체화 백신 : 앞으로 무슨 일을 어떻게 해낼 것인지 까지 생각하고, 그에 따른 구체적인 목표와 철저한 계획을 수립하게 해주는 백신이다. 이 백신을 완료하면 하루의 창고가 정화 작용을 완료하여, 주인이 계획한 것을 즉시 실천에 옮길 수 있도록 적극적으로 돕기 시작한다.

전파 백신 : 자신의 경험을 주위 사람들에게 전달하도록 해주는 백신이다. 고통 속에서 힘들어하는 많은 사람들을 도와줄 수 있게 된다. 주위 사람들로부터 신뢰를 얻게 되고, 인기가 높아져 하는 일마다 잘 되는 경사를 누리게 된다. 또한, 스스로 도움이 필요할 때마다 자신을 위한 도움의 손길이 기다리고 있음을 깨닫고 신기해하는 체험도 할 수 있다.

믿음 백신 : 가장 중요한 백신이다. 하루를 충실하게 살고, 긍정적인 자산을 쌓아 나가면 멀지 않은 미래에 하루가 반드시 큰 선물로 보답할 것이라는 강한 믿음이 있어야 한다. 위의 백신들을 잘 실행했다 하더라도 믿음이 흔들리면 향후 같은 상황이 또 다시 발생할 수 있다. 믿는 것은 대단한 노력이 필요한 것이 아니다. 그냥 지금 당장, 순수하게, 절실하게, 진정으로, 마음 편하게, 기쁘게 믿으면 된다.

● Administrator (하루 관리자)

누구의 하루든지 그 주인의 하루를 관리하는 Administrator가 있다. 이 관리자는 하루의 주인이 태어나기 바로 전에 생성되며, 주인의 하루가 끝나는 날 소멸된다. 여기서는 편의상 '관리자'로 표현하기로 한다.

관리자들은 특정 공간에 모여 일을 하는데, 이 곳이 우주의 어딘가에 있다는 것만 알려져 있을 뿐, 정확한 지점은 그 누구도 알 수 없고, 알아서도 안 되며, 앞으로도 알려지지 않을 것이다.

앞서 관리자란 주인의 하루를 관리하는 역할을 한다고 한 바 있는데, 이 정도만으로는 부족함을 느낄 것이다. 보다 더 구체적으로 설명하기 위해, 관리자들이 각자 주인의 하루를 관리하면서 하는 말들을 그대로 보여주도록 하겠다.

· ·

방금 전 생성된 신참 관리자 : "어디 보자. 10분 후면 내가 관리할 주인님이 대한민국 서울이라는 곳에서 태어나는구나. 아빠는 평범한 직장인이고, 엄마는 주부. 위로 형이 둘이나 있네. 빠듯하게 살고 있는데, 주인님이 태어나면 경제적으로 좀 더 힘들어지겠어. 하지만 부모 모두 열심히 살고 있고, 집안 분위기가 밝은 것이 희망적이야. 주인님의 인생 시나리오도 결과가 매우 좋은 것으로 되어 있어. 이 시나리오대로 잘 살아갈 수 있도록 최선을 다해서 관리해 드리자."

김모씨의 관리자 : "(걱정스러운 표정으로) 요즘 우리 주인님이 삶에 의욕을 잃으셨어. 지금까지는 정말 최선을 다 해서 살아오셨는데… 빨리 극복하시고, 긍정적인 자산들을 다시 쌓아 나가셔야 할텐데… 이번의 큰 고통만 이겨내시

면 '기적 에너지' 생성이 좀 더 앞당겨질 텐데… 일단 지금까지 쌓아 놓으신 긍정적인 자산에서 '자신감' 에너지를 좀 더 보내드려야겠다. 자, 지금 보내 드립니다. 제발 받아주세요. 우주에서 주인님을 위해 보내는 응원이라고 제발 믿어 주세요. 영차 영차!"

양모 씨의 관리자 : "우리 주인님 최고야. 지난 수년간 말도 못할 고생을 하셨지. 그래도 좌절하거나 원망하는 일 없이 하루 하루 최선을 다 해 살아가고 계셔. 부정적인 자산은 모두 없어지고, 긍정적인 자산만 남아 있는 상태야. 긍정적인 자산의 양이 너무나도 충분해. 다음 달이면 이 자산이 '보상 에너지'로 바뀌면서 고통을 모두 없애주고, 앞으로 만나게 될 하루는 기대와 설렘으로 가득 차게 되는 선물을 받게 되실거야. 주인님 인생 시나리오도 어제와는 완전히 달라졌어. 우리 주인님 파이팅!!!"

최모 씨의 관리자 : "⁽울음을 터뜨린다⁾ 크흑. 너무 슬퍼. 우리 주인님은 고통을 너무 많이 겪으셔서 삶을 포기할 지경이 되었지만, 미약하나마 삶에 대한 희망을 잃지는 않으셨는데… 거기에 대한 보상으로 다음 주면 모든 것이 다 해결되고 믿지 못할 일이 벌어지는 순간이 기다리고 있었는데… 너무나 안타깝게도 바로 오늘, 주인님 앞으로 남겨진 모든 하루들을 포기하고야 마셨어. 일주일만 참았어도… 단 일주일만 참았어도… 이제 나도 없어질 시간이 되었구나."

오모 씨의 관리자 : "⁽감격스런 표정으로⁾ 우리 주인님 정말 최고야. 주인님에게 어떤 어려움이 닥쳐도 모든 것을 감사하게 받아들이시더니 이제 좋은 직업도 같게 되고 뿔뿔이 흩어졌던 가족들과 함께 살 수 있는 염원을 이루게 되셨어. 여기에 더 큰 선물을 하나 더 드려야 하겠다. 가족들 모두 행복하고 건강하게 살 수 있는 에너지를 쏘아 드립니다. 잘 받으세요, 주인님!"

백모 씨의 관리자 : "(흥분된 표정으로) 우리 주인님 말이야. 역시 해내실 줄 알았어. 간절하게 원하면 모든 소망이 이루어진다는 것을 철저하게 믿으셨지. 간절함과 믿음 면에서는 우리 주인님이 최고야. 일년 후에 주인님의 소망이 이루어지는 놀라운 기적을 만들어 드려야 하겠다. 지금 당장 주인님의 시나리오를 고쳐 드려도 되겠어. 영차 영차!"

공모 씨의 관리자 : "(손을 번쩍 들면서) 만세! 우리 주인님께서 드디어 해내셨어. 사업에 크게 실패하셔서 어제까지도 거리를 방황하시면서 자살을 생각하셨는데… 내가 아무리 '용기' 에너지를 보내드려도 소용이 없을 정도로 부정적인 자산들로만 가득 차 있었지. 드디어 다 이겨내시고 오늘부터 새로운 도전을 하시겠다고 마음을 먹으셨어. 그 동안 어찌나 마음을 졸였는지. 큰 결심을 하신 것에 대해 선물을 보내드려야겠다. 가만있자. 어떤 선물을 보내드릴까. 앞으로 함께 발전해나갈 수 있는 좋은 사람들을 만나실 수 있도록 '인연 생성' 에너지를 보내드리는 것이 좋겠다. 자 받으세요. 영차 영차!"

신모 씨의 관리자 : "(수심이 가득한 표정으로) 우리 주인님은 너무 잘 나가셔서 그런지 요즘 겸손함이 없어지셨어. 교만함은 주인님에게는 독이 될 텐데… 게다가 성취욕에만 사로잡히신 나머지 일에 파묻혀 자신의 건강도, 가정도 돌보지 않으셔. 안되겠다. 부정적인 자산이 넘쳐서 주인님에게 결정적인 타격을 입히기 전에 손을 쓰자. 안타깝긴 하지만, 약간의 고통을 통해 겸손함을 다시 깨달을 수 있도록 해드려야겠어."

확신이 가지 않을 때 개미가 선택한 것

스산한 바람이 불던 어느 날 아침. 나비는 꿀을 먹으러 가고, 씨 앗은 아직 잠에서 덜 깨어 뒤척이고 있을 때였습니다.

"요 녀석!"

씨앗은 깜짝 놀라 자리에서 일어났습니다. 짓궂은 표정을 한 개 미 한 마리가 씨앗을 쳐다보며 씨익 웃고 있었습니다.

"에이. 뭐에요. 놀랐잖아요."

개미가 장난스러운 말투로 말했습니다.

"히히. 놀라긴. 반가워서 그랬어. 그러니까 기분 나빠 하지마."

"뭐가 그리 반가워요? 저는 그저 씨앗일 뿐인데."

"씨앗이니까 반갑지. 나도 너와 같은 때가 있었으니까."

"아, 그래요?"

"당연하지. 이렇게 허리가
잘룩하고 날씬한 몸매를 갖기
전에 땅 속에서 아주 오랫동안

애벌레 상태로 있었단다."

"그러셨군요. 그 때 어떠셨어요?"

개미는 우쭐해진 표정으로 대답을 했습니다.

"음. 말이지. 뭐랄까. 아주 긴 기다림의 순간들이었지."

씨앗이 심드렁한 표정으로 대답을 했습니다.

"알아요. 매미와 하루살이한테 들었어요."

개미가 당황스런 표정을 지으면서 말했습니다.

"아, 그랬구나. 그 분들은 나에 비하면 정말 대단한 분들이지."

잠시 침묵이 흘렀습니다. 개미는 인내를 뽐내려 했는데, 뜻대로 되지 않자, 다른 무엇인가를 찾느라 생각에 잠긴 듯 했습니다. 그러다가 입을 열었습니다.

"사실 내가 네 앞에서 잘난 척을 하려 했는데 말이지. 좀 부끄럽게 되었구나. 대신 너에게 도움이 될만한 말은 해주고 가마."

"그게 뭔데요?"

"씨앗 상태로 땅 속에 들어가면 단계를 거친단다. 처음에는 성장하는 것이 확실하게 느껴질 거야. 나날이 말이지. 그 때는 참으로 기쁘단다. 마음도 뿌듯하고. 그런데 말이지. 중간에 아주 힘든 시기가 오게 마련이지. 갑자기 성장이 멈춘 듯 매일매일 변화가 느껴지지 않을 때가 그 때인데 말이야. 그 때는 참으로 불안해. 더 이상 자라지 못하는 것은 아닌지. 나만 그런 것은 아닌지. 뭔가 부족하거나 무능해서 그런 것은 아닌지. 혼자만 이렇게 덩그러니 남겨져 있다가 사라지는 것은 아닌지. 정말이지 그 때의 불안감, 걱정, 괴로움은 말로 표현할 수가 없단다."

씨앗이 심각한 표정으로 물었습니다.

"그 때 어떻게 극복하셨어요?"

개미가 목에 힘을 주어 대답했습니다.

"눈을 감고, 귀를 막고, 입을 닫고, 오로지 '성장'만을 생각하고, '성장'에만 집중하고, '성장'만을 갈구했단다. 그랬더니 나는 애벌레 상태를 극복하고, 이렇게 멋진 개미가 되었단다."

물가심은 어린 나무의 비전

　　나비와 씨앗은 강가에 도착했습니다. 이 곳은 강의 상류 지점이라서 물살이 센 곳이었습니다. 나비가 물을 마시러 근처 웅덩이로 가 있는 동안 씨앗은 물가에 심겨진 어린 나무와 대화를 나누게 되었습니다. 강한 물살에 어린 나무는 위태롭게 흔들리고 있었습니다.

　　씨앗이 말했습니다.

　　"무섭고 불안하겠구나. 이런 곳에서 사는 것이."

　　그러나, 어린 나무는 평온한 표정으로 이렇게 말을 했습니다.

　　"전혀 그렇지 않아. 오히려 즐거운 걸."

　　씨앗은 놀랐습니다.

　　"즐겁다고? 에이… 농담하는 거 아니야?"

어린 나무가 답했습니다.

"내가 왜 농담을 하겠니. 정말 나는 이 곳에 사는 것이 스릴 있고, 행복하고, 만족스럽단다."

씨앗이 물었습니다.

"너 그러다가 물살에 휩쓸려 떠내려가면 어떻게 하니?"

어린 나무가 지체 없이 대답했습니다.

"그럴 리 없어."

씨앗이 물었습니다.

"왠 근거 없는 자신감인 거니? 너 그렇게 방심하다가 큰 일 나는 수가 있어."

어린 나무가 확신에 찬 목소리로 대답했습니다.

"주위를 돌아보렴, 물가에 심겨진 커다란 나무들이 많단다. 저 나무들도 나처럼 어릴 때가 있었지. 그들도 물살에 흔들거렸겠지. 그러나, 이러한 환경 속에서도 아무렇지도 않게 성장한 나무들을 보면서 버텼겠지. 나 역시 마찬가지야. 몇 년 후 성장한 미래의 내 모습을 구체적으로 본 순간부터 나는 하나도 두렵지가 않단다. 나와 같은 환경 속에서 성장한 저 나무들은 나의 롤모델이고, 비전이란다. 너는 너의 미래의 모습을 보았니?"

쇠똥구리에게 버리는 것의 의미

보름달이 뜬 어느 날, 나비와 씨앗은 잠자리에 들 준비를 하고 있었습니다. 그 곳은 조용한 시골 마을의 저수지 근처였습니다. 야생화들이 수줍게 고개를 내밀고 있는 곳에서 하룻밤을 보내기로 했던 것입니다.

그 때였습니다. 어디에선가 소리가 들려왔습니다.

"끼엉차, 끼엉차."

나비는 피곤했는지 벌써 곤히 잠들어 있었습니다. 씨앗은 소리가 나는 쪽을 쳐다보았습니다. 소리는 멀리서 들리더니 점차 가까워지고 있었습니다.

"끼엉차, 끼엉차."

밝은 달빛 덕분에 씨앗은 소리의 주인이 누구인지 알아챌 수 있었습니다. 그것은 쇠똥구리였습니다.

"안녕하세요. 쇠똥구리님! 이 밤에 무슨 고생을 그리 하세요?"

쇠똥구리는 씨앗이 말을 걸자, 잠시 가던 길을 멈추었습니다.

"어? 똥이 아니라 돌을 나르고 계셨던 거네요."

"그래. 돌을 나르고 있는 중이야. 우리 집에 가져가려고."

"쇠똥구리님 몸집보다 큰 돌멩이를 뭐 하러 집으로 가져가세요?"

쇠똥구리가 땀을 닦으면서 대답했습니다.

"이건 돌멩이가 아니란다. 이건 나에게 '고통'이자 '불행의 씨앗'이란다. 어제 이 돌에 맞아 나의 아내가 죽었단다."

쇠똥구리는 가까스로 울음을 참으면서 말을 했습니다. 씨앗도 슬픈 표정을 지으며 말했습니다.

"아, 그런 일이 있었군요. 뭐라고 위로의 말씀을 드려야 할 지…"

"고맙구나. 그 위로의 말… 진심이 느껴져."

"그런데요. 쇠똥구리님! 왜 고통이자 불행의 씨앗을 집으로 가져가려 하시나요? 남들은 고통이자 불행의 씨앗을 당장 버리는데 말이죠."

쇠똥구리가 한숨을 푹 쉬며 물었습니다.

"있잖아. 네가 어디를 가고 있는데, 누군가 네가 마음에 들지 않는 것을 가지고 있는 거야. 너는 그걸 버리고 싶어. 그런다고 그걸 버릴 수 있니?"

씨앗이 대답했습니다.

"못 버리죠. 제게 아닌데…"

쇠똥구리가 말했습니다.

"그것 봐. 버리려면 네 것이 되어야 해. 고통도, 불행의 씨앗도, 슬픔도, 아픔도. 어쨌든 버리려면 가져야 해. 네 것이 되어야 해. 그러지 않으면 못 버려. 우리가 살면서 버리는 것들 중 대부분은 우리가 한 때 가졌었고, 아끼고 사랑했던 것들이지. 그러니까 우리 뜻대로 버릴 수 있지. 나도 이 돌멩이, 아니, 고통과 불행의 씨앗을 버리기 위해 먼저 가지려고 하는 것이란다."

잡초의 자부심

대도시의 오염된 공기를 마신 어느 날. 나비와 씨앗은 맑은 공기를 마시기 위해 숲 속으로 들어갔습니다. 일자로 쭉쭉 뻗은 나무들이 무성하게 자란 숲이었습니다. 나비는 숲속에 있는 조그만 바위 위에 씨앗을 내려놓고 물을 마시러 갔습니다.

씨앗은 상쾌한 공기를 마음껏 마시면서 즐거운 상상을 하고 있었습니다.

'나도 이 나무들처럼 자라게 되는 건 아닐까?'

그러다가 바위 곁에 살고 있는 잡초를 보게 되었습니다. 씨앗은 두려운 마음이 들었습니다. 혹시 잡초가 자신을 알아볼까 해서였습니다. 아니나 다를까 잡초가 말을 걸어 왔습니다.

"안녕! 씨앗아!"

씨앗은 가슴이 콩닥콩닥 뛰었습니다.

"저를 아세요?"

잡초가 대답했습니다.

"아니. 너는 처음 보는 씨앗이구나."

씨앗은 이 말을 듣고 안도의 한숨을 쉬었습니다.

"저를 처음 본다는 건 제가 잡초의 씨앗이 아니라는 거 맞죠?"

잡초가 심드렁한 표정으로 말했습니다.

"뭐 그럴 수도 있고… 나와 같은 잡초의 씨앗은 아니니까. 그러나, 아닐 수도 있지. 내가 모르는 다른 잡초의 씨앗일지도 모르는 일이니까."

씨앗은 다행이라고 여기면서도 잡초의 마지막 말이 마음에 걸렸습니다. 잡초가 물었습니다.

"너 잡초의 씨앗일까봐 겁나는 거구나?"

씨앗은 말 없이 고개를 끄덕였습니다.

"왜 잡초가 되는 것이 창피하니?"

"잡초님은 아무렇지도 않으세요?"

잡초는 한바탕 크게 웃어 제끼더니 대답했습니다.

"잡초가 뭐가 어때서? 나도 이 숲의 엄연한 구성원이란다."

씨앗은 어이가 없었습니다. 잡초 주제에 숲을 이야기 하다니 말입니다.

"아이고. 참으로 잘나셨네요. 잡초님이 안 계셔도 이 숲은 존재한답니다."

잡초가 대답했습니다.

"그래. 맞아. 내가 없어도 이 숲은 존재하지. 하지만, 그렇게 된다면 이 숲은 '내가 없는' 숲이 되지. 내가 있기 때문에 이 숲은 '내가 있는 특별한' 숲이 되는 거지. 잡초인 나, 흙들, 바위들, 저 거대한 나무들, 곤충들, 새들이 모여서 현재의 이 숲을 이루게 된 것이지. 모든 나무들이 없어지면 현재의 이 숲은 존재하지 않게 되지. 마찬가지로 나 하나가 없어지면 현재의 이 숲은 존재하지 않게 되지. 현재의 이 숲을 이룬다는 점에서 나는 저 나무들과 동등한 구성원이지. 무엇이 되는 것이 뭐가 중요하지? 이 숲의 구성원이 되는 것 자체가 소중하고 감사한 일인 거지."

사과 나무의 존재 의미

남쪽에서 산들바람이 불어왔습니다. 바람만 불어온 것이 아니었습니다. 향기롭고 맛있는 향기도 함께 날아왔습니다. 나비가 날갯짓을 빠르게 하며 속도를 냈습니다.

"근처에 사과 나무가 있나 봐! 배고픈데 잘 됐다."

깊은 산 속에 커다란 사과 나무 한 그루가 서 있었습니다. 사과 나무는 탐스럽게 열린 사과들을 가득가득 맺고 있을 것을 기대한 것과는 정반대로 벌레를 먹은 사과 몇 개만을 가지에 남겨놓고 있었습니다. 나비는 차마 그 사과즙을 먹지 못했습니다. 다른 것을 구하러 가기 위해 씨앗을 사과 나무 가지 위에 내려 놓았습니다.

씨앗이 말했습니다.

"어쩌죠? 병에 걸리셨군요."

사과나무가 대답했습니다.

"어. 어쩌다 그렇게 되었단다."

그러나, 이상하게도 사과나무의 표정은 밝았습니다.

"저 같으면 이런 상황이 참으로 우울할 텐데… 왜 그리 밝으세요? 자포자기 하신 건가요?"

"자포자기? 그럴 리가 없지. 내가 왜 우울해야 하지? 사과나무는 항상 건강해야 하는 것일까? 건강할 때도 있고 아플 때도 있지. 그렇지만, 사과나무는 언제나 사과나무야. 아프던, 건강하던."

그 순간에도 벌레들은 사과나무의 사과를 먹어 치우고 있었습니다. 씨앗은 화가 났습니다.

"저 나쁜 녀석들!"

그러나, 사과나무는 아무렇지도 않은 듯 씨앗을 말렸습니다.

"아서라. 그런다고 저 벌레들이 없어지지 않는단다. 없애서도 안 되고. 저 벌레는 나와 별개가 아니야. 내가 태어나서 죽을 때까지 존재하는 동안 함께 하는 내 삶의 한 부분이야. 나는 그냥 '사과나무'로 태어난 것이 아니야. '사과나무로서의 삶'으로 태어난 것이지. 벌레들 때문에 아픈 과정이 반드시 들어있는 삶…."

씨앗은 그래도 화가 풀리지 않았습니다.

"그래도 저 벌레들을 어떻게든 해봐요."

사과나무가 말했습니다.

"나는 '행위'하지 않아. 나는 '존재'해. 누가 나한테 해를 끼치든,

내 사과를 가져가든… 그러한 행위는 나에게 중요치 않아. 나는 이곳에서 자라고, 사과를 열리게 하고, 누군가가 먹도록 하는 것을 위해 존재해. 그것이 사과나무의 삶이야. 그걸 누가 먹든 중요하지 않아. 사람이 먹을 수도 있는 것처럼 벌레도 먹을 수 있는 거야. 나는 누군가 먹을 수 있는 사과를 여는 것이 중요한 거지 누가 먹는지는 중요하지 않아. 왜냐하면 나는 사과나무로서의 삶을 위해 존재하니까."

장지뱀의 관용

강가에 핀 아름다운 꽃들이 나비와 씨앗을 유혹하고 있었습니다. 나비는 날갯짓에 속도를 붙였습니다. 꽃들과 함께 즐거운 시간을 보내고 있던 씨앗에게 한숨 소리가 들렸습니다. 씨앗은 쓸쓸히 강물을 바라보고 있는 뱀의 모습을 발견했습니다. 나비와 씨앗은 뱀에게 다가갔습니다. 그것은 표범장지뱀이었습니다.

"갈 곳을 잃어 한숨만 쉬고 있는 것이란다."

씨앗이 물었습니다.

"왜 갈 곳을 잃어요? 집이 떠내려 갔어요? 가족은 없어요?"

하염없이 강물을 바라보는 장지뱀의 눈에는 눈물이 그렁그렁 맺혀 있었습니다.

"나는 모래톱에서 태어나서 계속 그곳에서 살았어. 모래톱이 뭐냐면… 강이 굽이굽이 흐르지? 굽이쳐 흐르는 곳의 끝 부분에 모래밭이 생기게 되는데, 그걸 모래톱이라고 한단다. 모래톱은 그리 넓은 곳은 아니지만 생물들에게는 천국과 다름 없는 곳이야. 강물 흐

름의 속도가 느려서 살기가 아주 좋은 곳이지. 각종 물고기와 물벌레는 물론, 하늘다람쥐, 물범, 저어새, 참수리, 황새, 뜸부기, 남생이, 흰수마자 등 흔히 볼 수 없는 친구들이 이 곳에서 함께 사이 좋게 살고 있었단다.

그런데 말이야. 내가 근처 숲 속에서 겨울잠을 자는 동안 불행한 일이 발생했단다. 작년 겨울 친구들과 인사를 나누고 겨울잠에 들었지. 그리고는 봄이 왔지. 실컷 잠을 자고 나와서 친구들과 반갑게 인사를 나누려는 마음에 흥분해서 모래톱으로 나갔는데 말이지.

모래톱이 자취도 없이 사라진 거야. 당연히 친구들도 보이질 않았지. 당황해서 안절부절 못하고 있는데, 물 속에서 다급한 소리가 들렸어. 강물 쪽으로 눈을 돌렸는데 말이지. 나는 경악을 금치 못했단다. 글쎄 곡선으로 되어 있던 물줄기가 직선으로 되어 있는 거야. 물줄기가 어찌나 빠르게 흐르던지.

물 속에서는 마지막 남은 몇 마리의 물고기 친구 가족들이 물줄

기에 떠내려 가지 않으려고 몸부림을 치고 있었단다. 나는 내 몸을 물 속으로 집어 넣어 물고기들이 잡도록 해주었지. 그런데 말이야. 힘이 부친 물고기 친구들이 내 몸을 잡지 못하고 다 떠내려 가버렸단다. 떠내려가는 물고기들의 슬픈 표정이 말이지. 흑흑…."

나비와 씨앗은 가슴이 너무나도 아파서 아무런 말도 할 수가 없었습니다. 장지뱀은 얼굴을 몸에 파묻고 계속 울었습니다.

"흑흑흑… 사람들이 강을 직선으로 만들어 놔서… 흑흑흑… 무엇을 위해서 그러는 것인지… 흑흑흑… 우리는 그들의 삶에 피해를 주지 않고 살고 있는데… 흑흑흑… 당장은 모르지만 결국 자기들에게 피해가 그대로 돌아갈 텐데… 흑흑흑… 우리 같은 힘없는 생명들은 어떻게 살라고… 흑흑흑…."

씨앗은 어떤 위로도 할 수 없었습니다. 어깨를 들썩이며 울던 장지뱀이 말했습니다.

"이걸 이렇게 만든 사람들이 원망스럽고, 이렇게 되도록 말리지 않은 사람들이 원망스럽고, 이런 일이 있는지 없는지 무지하고 관심 없는 사람들이 원망스럽고. 하지만, 어쩌겠니. 그들도 우리와 함께 살아가는 이 세상의 구성원인걸… 이제 이들을 이해하고 용서해야지. 나는 또 나 나름대로의 삶을 살아가야지. 또 다른 모래톱을 찾아 나서야겠지. 최소한 모래톱 한 군데는 남겨놓았기를 바라면서…."

씨앗을 부러워한 화려한 장미꽃

"오늘은 좀 포식을 할까 해."

나비가 말했습니다.

이들이 도착한 곳은 엄청나게 큰 놀이동산이었습니다. 각종 놀이 기구들과 음식점들, 그리고, 상점들이 즐비하게 들어서 있었습니다. 휴일이라서 그런 지 사람들로 인산인해를 이루고 있었습니다. 즐거운 음악들도 계속해서 흘러나왔습니다.

나비는 장미꽃 축제가 열리고 있는 정원으로 갔습니다. 엄청나게 넓은 정원에는 형형색색의 장미꽃들이 화려한 자태를 뽐내고 있었습니다. 사람들은 넋을 잃고 장미꽃들을 구경하였고, 연신 카메라 셔터를 눌러대느라 정신이 없어 보였습니다. 씨앗은 흥분해서 외쳤습니다.

"너무너무 화려하고 아름다워요. 저 꽃들이 너무 부럽네요. 게다가 수많은 사람들의 관심까지 받을 수 있으니 말이에요. 바로 제가 꿈꾸던 세상이에요."

　나비가 씨앗을 정원 한가운데로 데려
갔습니다. 그리고는 가장 화려해 보이
는 꽃 위에 내려놓았습니다.

　"여기서 놀고 있어. 나는 배를 불리고
올게."

　씨앗은 장미꽃에게 말을 걸었습니다.

　"안녕하세요. 너무나 아름다우세요."

　"그러니? 고맙구나. 칭찬해줘서."

　"칭찬이 아니에요. 이토록 아름답고 화려하시다니… 세상 어떤
찬사로도 부족할 것 같아요. 정말로 부러워요."

　장미가 의아하다는 듯이 물었습니다.

　"내가 부럽다고? 진심이야? 나는 네가 부러운데?"

　씨앗이 놀라서 말했습니다.

　"제가 부럽다고요? 농담이시죠?"

　장미가 담담하게 말했습니다.

　"그래. 맞아. 너는 지금은 내 말이 이해가 가지 않을 거야. 너는
지금 나의 모습이 이 세상에서 가장 아름답게 보일 거야. 나도 인정
해. 나는 지금 살면서 가장 화려하고 기쁜 순간을 맞이하고 있으니
까. 세상 사람들로부터 엄청나게 큰 사랑과 관심을 받고 있기도 하
고. 하지만, 그렇다고 무작정 행복하기만 한 것은 아니야. 왜냐하면,
지금 이 순간은 장미로서의 삶 중에서 가장 짧은 시간이고, 이제 이
아름다움은 곧 끝나기 때문이지. 이제 얼마 안 있으면 나는 세상과

작별을 고하게 될 거야.

그래서, 나는 네가 참 부럽단다. 너는 이제 시작이잖니. 뒤돌아보면, 꽃으로 화려하게 피어나기 바로 전까지의 삶이 가장 행복했던 것 같아. 물론, 꽃이 피기 전까지는 이런 생각을 하지 못했지. 꽃이 피고 난 이후가 가장 행복할 것이라고만 생각했어. 그래서, 꽃으로 피어나기 전까지의 시간들이 지겹고, 힘들고, 지루하고, 때로는 고통스럽기도 했단다. 하루라도 빨리 꽃으로 피어나지 못해 견딜 수 없었단다.

지금은 그 때가 너무 그립단다. 그 때로 돌아가고 싶어 견딜 수가 없단다. 이런 화려한 곳에서 사람들의 관심을 받지 못한다 할지라도, 이 세상에서 가장 초라하고 아무도 찾아오지 않는 외로운 곳에서 뿌리를 내린다고 해도, 꼭 화려한 꽃이 아니라 할지라도, 심지어는 잡초로 태어난다고 해도 말이다.

씨앗인 네가 부럽다. 아직 무엇으로 피어날 지 모르는 그 불확실함과 불안함이 부럽다. 작열하는 태양 밑에서 기나긴 가뭄을 이겨내야 하는 괴로움이 아직 남아있는 것이 부럽다. 폭우와 폭풍 속에서 언제 뽑혀나갈 지 모르는 두려움이 아직 남아있는 것이 부럽다. 해충들의 공격을 극복해낼 때까지 느껴야 하는 고통이 아직 남아있는 것이 부럽다.

다시 태어난다면 씨앗부터 꽃으로 피어날 때까지의 시간이 가장 긴 식물로 태어나고 싶단다. 정말 그렇단다. 네가 너무나도, 화가 날 정도로 부럽다.”

야생화의 설렘

"잠깐만요."

새벽이슬을 먹으러 가기 위해 산 중턱을 날고 있을 때 씨앗이 외쳤습니다.

"저기 저… 저기로 가주세요."

씨앗이 가리킨 곳은 커다란 바위였습니다. 나비가 물었습니다.

"바위에 가서 뭐하게?"

씨앗이 말했습니다.

"저 바위 밑에 뭔가가 있는 것을 보았어요. 잠깐 봤는데 아름다운 무엇인가 있는 것 같아서요."

바위는 상당히 넓고 평평했습니다. 바위의 맨 오른쪽 아래 부분에 꽤 넓은 공간이 있었는데, 그 곳에는 조그마한 꽃이 피어 있었습니다.

"오. 네 말대로 이 곳에 꽃이 있었구나.

이런 곳에 꽃이 있을 거라고 누가 생각이나 했겠어? 너는 이걸 어떻게 본 거니?"

씨앗이 꽃에게 말을 걸었습니다.

"안녕하세요! 반가워요. 이름이 어떻게 되나요?"

"아이 깜짝이야. 너 정말 대단하구나. 나를 알아보다니. 내 이름은 용담이야. 사람들이 야생화라고 부르는 그런 꽃이지."

"그런데 왜 이런 곳에서 사세요? 아무도 알아볼 수 없게 말이에요."

"그건 엄마의 사랑 때문이란다. 우리 같은 조그만 꽃들은 너구리들에게 잘 밟혀 죽기 때문에 엄마가 씨앗일 때부터 우리를 이런 곳에 꼭꼭 숨겨놓은 것이지."

씨앗이 심란한 표정으로 물었습니다.

"그렇지만, 그 누구도 알아보지 못하는 곳에서 사는 것은 참으로 외로울 것 같은데요."

꽃이 잔잔한 미소를 지으며 대답했습니다.

"아니야. 전혀 외롭지 않아. 왜냐하면, 누군가 언젠가는 나를 알아채 줄 것이라는 설렘이 있기 때문이지. 설령 우리가 꽃으로 피어 있는 동안 발견되지 못한 채 죽는다해도 말이야. 죽고 나서 누군가에게 도움이 될 수 있다는 희망 또한 항상 행복한 기다림을 누릴 수 있도록 한단다. 죽고 나서 어떻게 도움이 되냐고? 내가 죽고 나면 길가에 버려진 고추 마냥 속이 텅 빈 채 쭈글쭈글한 생김새로 길가에 나뒹굴게 된단다. 그렇지만, 내 뿌리는 심장이 아픈 사람들에게는 좋은 치료제가 된단다."

씨앗이 감동을 한 듯한 목소리로 말했습니다.

"그렇군요. 꽃이 이토록 아름다운 걸 보니 씨앗일 때도 아름다우셨겠어요?"

꽃이 피식 웃으며 말했습니다.

"호호. 아니란다. 씨앗일 때는 정말 못생겼었어 아주 연로하신 할머니의 뱃가죽처럼 쭈글쭈글한 껍질 속에 쌓여 있었지."

진짜 모습을 알게 된 해바라기

나른한 햇살이 내리쬐는 어느 오후였습니다. 나비와 씨앗은 개울 가에서 개구리들과 꾸벅꾸벅 졸고 있었습니다. 어디선가 구슬픈 울음 소리가 들렸습니다.

"에고, 에고. 엉엉엉엉엉엉. 흑흑흑흑흑."

개구리들은 깜짝 놀라 개울 속으로 뛰어들었습니다. 나비와 씨앗은 소리가 나는 곳으로 날아가 보았습니다. 그것은 개울가 아래쪽 가시 덤불 사이에서 들려오는 곳이었습니다. 씨앗이 조심스럽게 입을 열었습니다.

"누구세요? 무슨 일 있으세요? 저희가 뭐 도와드릴 일이라도…."

대답은 없고 계속해서 우는 소리만 들려왔습니다. 울음을 그칠 때까지 기다릴 수밖에 없었습니다. 약 한 시간쯤 지났을까. 드디어 울음 소리가 그쳤습니다. 씨앗이 다시 말을 걸었습니다.

"저, 무슨 일 있으신 거에요?"

울음의 주인공은 가시 덤불 속에 숨어서 얼굴을 보이려 하지 않는 것 같았습니다. 가시 덤불들이 짜증스런 표정으로 말했습니다.

"그냥들 가셔. 신경 쓰지 말고. 벌써 일주일쩨 저러고 있어. 짜증나게 말이야."

그래도 씨앗은 궁금했습니다.

"저희가 계신 곳으로 갈까요?"

목소리의 주인공이 외치듯이 말했습니다.

"안돼요! 싫어요!"

씨앗이 달래듯이 말했습니다.

"도대체 왜 그러시는 건데요. 말씀해 주세요."

잠시 침묵이 흐른 후 목소리의 주인공이 말했습니다.

"사실 저는 해바라기가 되고 싶은 씨앗이었어요. 저에게는 이 세상에서 가장 아름답고 화려한, 그러니까 꽃 중의 꽃이니까요. 땅 속에서 해바라기가 될 것이라는 기대감 때문에 온 종일 두근거림 속

에서 지냈지요. 드디어 새싹으로 땅 위에 나왔을 때 저는 눈을 꼭 감고 있었어요. 눈을 떴을 때 온 사방 천지가 해바라기들로 가득 차 있을 것이라는 기대를 한 채 말이죠. 그러나, 저는 좌절했어요. 제 주위는 온통 가시 덤불들 뿐이었어요. 결국, 저는 가시 덤불들 중의 하나였던 것이지요. 물론, 여기 계신 가시 덤불님들도 다 가치가 있지만요. 제가 슬픈 것은 가시 때문에 그 누구도 저를 보러 오지 못한다는 것이에요. 오히려 저를 무서워하고, 저를 피하고, 저 때문에 상처를 입게 될 뿐이겠지요. 또 울음이 나오려고 해요. 엉엉엉.”

씨앗은 안타까웠습니다.

“에고, 힘내세요. 저희가 계신 곳으로 가볼게요. 어쩌면 가장 예쁜 가시 덤불일지도 모르잖아요. 저희가 봐드릴게요.”

목소리의 주인공은 필사적으로 오지 말라고 외치고 있었습니다. 나비와 씨앗은 조심조심 가시 덤불들 속으로 들어갔습니다. 드디어 목소리의 주인공의 모습이 눈에 들어왔습니다. 그의 모습은 한 마디로… 충격이었습니다. 씨앗이 외쳤습니다.

“앗! 당신은 해바라기에요. 해바라기!”

목소리의 주인공은 한 동안 아무 말도 하지 못하였습니다. 그러다가 겨우 입을 열었습니다.

“제가 해바라기라고요? 정말이요?”

씨앗이 대답했습니다.

“그래요. 해바라기에요. 주변에 가시덤불들 밖에 보이지 않으니까 스스로를 가시 덤불이라고 생각했던 것 같아요. 당신은 해바라기에요. 너무나도 아름다운 해바라기! 그러니까 이제 과감히 꽃을 피우세요.”

가시 덤불들도 깜짝 놀라 해바라기를 쳐다보았습니다. 그 동안 자신들과 다른 생김새를 가지고 있어서 무시하고 거들떠 보지도 않았었는데, 자신들도 가장 경외하는 해바라기였다는 사실에 충격을 받은 듯 했습니다. 이들은 해바라기를 향해 경외의 시선을 보냈습니다. 해바라기는 기쁨의 눈물을 흘리면서 말했습니다.

“그랬군요. 제가 해바라기였군요. 정말 고마워요. 저의 진짜 모습을 알게 해주셔서. 이제 꽃을 피울게요.”

나비와 씨앗은 하늘로 날아 올랐습니다. 잠시 후 가시 덤불 속에서 해바라기 한 송이가 수줍게 얼굴을 서서히 내밀고 있었습니다. 그것은 말로는 표현할 수 없는 아름다움이었고 찬란함이었습니다. 햇빛이 해바라기의 꽃피움을 축복하기 위해 더 뜨겁게 내리쬐는 것 같았습니다. 오히려 가시 덤불들 사이에서 피어나서 그런지 이 세상에 존재하는 해바라기들 중에 가장 아름다운 해바라기로 보였습니다.

나비와 씨앗도 기쁨의 눈물을 흘렸습니다. 해바라기가 활짝 웃었습니다. 수많은 나비와 벌들, 그리고, 새들이 해바라기의 아름다움에 반해 날아들기 시작하였습니다. 가시덤불들만 있던 개울가는 순식간에 축제가 벌어졌습니다.

우리를 나온 토끼

한적한 시골을 여유롭게 날고 있을 때의 일이었습니다. 집 몇 채가 있는 조그마한 마을이라 사람들이 많지 않을 것이라 생각은 했지만, 이상하리만치 고요했습니다. 사람의 모습이라고는 눈을 씻고 봐도 찾을 수가 없었습니다. 나비와 씨앗이 참으로 이상한 일이라고 생각을 하면서 이곳 저곳을 날아다니고 있었습니다.

텅 빈 한 농가의 마당으로 날아갔을 때 토끼 한 마리가 눈에 들어왔습니다. 토끼는 우리 속에 있었습니다. 며칠을 굶었는지 얼굴은 헬쑥해져 있었고, 몸은 상당히 야위어 있었습니다. 씨앗이 걱정스런 표정으로 토끼에게 말을 걸었습니다.

"토끼님. 이게 어쩐 일이세요."

토끼는 힘겹게 대답을 했습니다.

"며칠을 굶어서 그래. 주인님은 이곳에서 오랫동안 농사를 짓고 있었는데, 무슨 일이 있었는지, 망했다며 슬픈

표정을 하고 가족들과 며칠 전 어디론가 떠나갔단다."

씨앗이 안타까운 목소리로 말했습니다.

"이 곳만 그런 것이 아니에요. 이 마을이 온통 비어있어요. 다들 떠났나 봐요."

"그랬구나. 우리 주인님만 그런 것이 아니었구나."

토끼는 말없이 눈물을 흘렸습니다. 그리고는 힘없는 목소리로 말을 했습니다.

"주인님은 이 곳을 떠나기 전 나에게 참으로 미안하다고 했어. 가족들도 먹을 것이 없어서 나를 데려갈 수가 없다고 하셨지. 그 표정이… 그 표정이… 정말 미안한 표정이었어. 가슴 절절하게 미안한 마음을 느낄 수 있었어. 가족들도 그랬지. 나를 가장 귀여워해줬던 꼬마 아이는 나를 데리고 가야 한다고 떼를 쓰며 마당 위에서 데굴데굴 굴렀단다."

씨앗이 외쳤습니다.

"토끼님! 지금 그런 회상에 젖어 있을 만큼 한가로울 때가 아니에요. 어서 그 우리를 빠져 나오세요. 우리의 문이 지금 열려있거든요. 주인 가족이 열어주고 간 것 같거든요. 그러니까 기회거든요. 어서 나오세요."

"우리를 나간다고? 말도 안돼. 나는 이 곳에서 한 번도 나가본 적이 없어. 이 곳을 나간다는 것은 생각해본 적도 없고, 지금도 그럴 생각이 없고, 앞으로도 그런 생각을 할 수가 없을 거야. 우리를 나가다니… 너도 참… 말도 안 되는 무시무시한 소리를 하는구나."

"말이 안 되다니요. 어서 이곳을 빠져나가셔야 해요. 안 그러면 토끼님은 굶어 죽게 되요."

"내가 이곳을 나가면… 굶어 죽지 않기라도 한단 말이니? 때가 되면 주인님이 주는 먹이를 먹는 것 이외에 내가 굶어 죽지 않을 다른 방법은 없단다."

이번에는 나비가 거들었습니다.

"우리 너머에는 당신이 평생을 먹어도 모자라지 않을 만큼의 먹이들이 풍요롭게 있어요. 우리 속에서만 살아와서 이 사실을 모르겠지요. 본 적이 없으니까. 그렇지만, 저는 넓은 세상을 날아다니면서 풍요로움을 직접 눈으로 목격했어요. 저희를 믿고 어서 그 우리에서 빠져 나오세요."

안타깝게도 토끼는 눈을 감고 더 이상 아무런 대꾸가 없었습니다. 나비와 씨앗은 토끼 우리를 계속 맴돌면서 '우리에서 나올 것'과 '우리 밖의 풍요로움'에 대해 말을 하고, 애원을 하고, 설득을 하였습니다. 해가 지고, 날이 어두워지고, 밤이 깊어질 때까지 계속되었습니다.

"안 되겠다. 이러다가 우리까지 아프게 될 것 같아. 그냥 가자."

나비의 안타까운 말이었습니다. 씨앗도 체념을 할 수밖에 없다고 생각을 하였습니다. 바로 그 때였습니다.

"정말 우리 밖에 내가 먹을 것들이 그토록 많이 있니?"

나비와 씨앗은 귀를 믿을 수가 없었습니다. 그것은 분명히 토끼의 말이었습니다. 나비와 씨앗은 동시에 외쳤습니다.

"그럼요!!!!!"

　잠시 후, 토끼는 조심조심 우리 입구 쪽으로 몸을 움직였습니다. 조심스럽게 왼쪽 앞발을 내놓았습니다. 발은 배고픔 때문인지, 두려움 때문인지, 긴장감 때문인지 벌벌 떨리고 있었습니다. 머리가 나왔습니다. 잠시 정적이 흘렀습니다. 전진할 지 후퇴할 지 심한 갈등을 겪고 있는 것 같았습니다. 씨앗이 외쳤습니다.

"힘을 내요! 제발!"

　토끼의 목이 나오고, 오른 쪽 앞발이 나오고, 몸통이 나오고, 뒷다리가 나오더니, 드디어, 토끼의 꼬리까지 우리를 빠져 나왔습니다. 토끼는 식은 땀을 흘렸습니다.

"자, 이제 뛰세요. 이 집 마당을 나가서 조금만 더 가면 토끼풀밭이에요. 힘을 내요! 제발!"

　토끼는 혼신의 힘을 다해 뛰었습니다. 온 몸이 부들부들 떨렸습니다. 숨이 턱까지 차서 '헉헉'거리는 소리가 고요한 마을에 울려 퍼지는 듯 했습니다. 잠시 움츠린 자세로 멈추어 있던 토끼는 머리를 들었습니다. 몸도 일으켜 세웠습니다. 마지막 죽는 힘까지 짜낸 듯한 포효를 내지르더니 마당을 가로질러 뛰기 시작했습니다. 현관문이 보였습니다. 현관문도 뛰어 넘었습니다.

현관문 앞에는 상상도 할 수 없는 넓은 세상이 펼쳐져 있었습니다. 눈 앞에 토끼풀밭이 펼쳐져 있었습니다. 토끼는 기쁨의 눈물을 흘리며 토끼풀밭을 향해 질주를 시작하였습니다.

감격한 나비도 울고, 씨앗도 울고, 달님도 울고, 별님도 울었습니다. 이 곳을 지나가던 바람도 숨을 멈추었습니다.

제4부 · 나비와의 이별, 심겨짐,
그리고, 피어남

나비가 쓰러지다.

또 다시 새로운 태양이 떠올랐습니다. 여느 때와 같으면 나비가 먼저 깨어서 씨앗을 깨웠었는데, 오늘은 씨앗이 먼저 눈을 떴습니다. 씨앗은 나비를 흔들어 깨웠습니다.

"일어나세요! 아침이에요. 제일 좋아하시는 이슬 드시러 가셔야죠."

나비는 힘겨운 듯 눈을 뜨더니 작은 목소리로 말을 했습니다.

"어, 그래. 일어나야지. 그런데, 오늘따라 왜 이리 피곤한 걸까."

아침이슬로 배를 채운 뒤, 나비와 씨앗은 하늘로 날아올랐습니다. 들판은 곡식들이 익어가면서 점차 황금색 물결로 바뀌어가고 있었습니다. 하늘은 처연하게 파란 빛으로 물들어 있었습니다. 어찌나 파란지 눈이 부실 정도였습니다.

그 때였습니다.

"어, 내가 왜 이러지?"

나비의 날갯짓이 평소와는 다르게 불규칙적으로 움직였습니다. 나비의 몸이 비틀비틀 거리기 시작하였습니다. 그러더니 날갯짓이 멈추었습니다. 나비와 씨앗은 아래로 떨어지기 시작하였습니다. 씨앗은 공포감에 비명을 질렀습니다.

"나비님! 나비님! 정신차리세요. 우리 지금 떨어져 죽겠어요. 나비님!!! 어!!!!!!!!!!!! 살려주세요!!!!!!!!!!"

씨앗의 다급한 비명 소리에도 나비는 눈을 감은 채 아래로, 아래로, 또 아래로 추락했습니다.

씨앗도 눈을 감았습니다.

'이렇게 죽는 걸까?'

곧 엄청난 충격이 느껴졌고, 씨앗은 정신을 잃었습니다.

"아, 머리야."

씨앗은 눈을 떴습니다. 도대체 여기가 어디인지, 자기가 왜 여기에 이러고 있는지 기억이 나지 않았습니다.

"아, 맞다. 나비님이랑 추락했지. 다행히도 죽지 않고 살아난 것이구나. 그래도 풀밭에 떨어져서 죽지 않은 것이구나."

안도의 한숨도 잠시. 나비가 걱정되기 시작하였습니다.

"나비님은 어떻게 되셨을까?"

씨앗은 몸을 일으키고 다급하게 주위를 둘러보았습니다. 다행히도 가까운 곳에 나비의 모습이 보였습니다. 씨앗은 나비를 불렀습니다.

"나비님! 나비님! 일어나세요. 나비님!"

씨앗이 아무리 불러도 나비는 움직임이 없었습니다.

"아이고, 돌아가셨나 봐. 엉엉엉. 나비님! 나비님! 이렇게 가시면 안 되요. 엉엉엉. 흑흑흑."

나비의 몸이 살짝 움직였습니다. 그리고는 눈을 떴습니다.

"울고 있었구나. 나 죽지 않았어. 걱정하지마."

"나비님! 아이고, 나비님! 다행이에요. 나비님! 제가 얼마나 걱정했는데요."

나비가 겨우 미소를 보이며 말했습니다.

"그랬구나. 걱정 마. 나 이렇게 웃잖아. 그런데, 온 몸이 아프구나. 떨어질 때 충격을 받아서 그런가 봐. 날개도 다친 것 같고. 일단 내가 그 쪽으로 가마."

나비는 힘겹게 몸을 일으키고는 씨앗이 있는 곳으로 겨우 기어가다시피 다가갔습니다. 그리고는 다시 자리에 누웠습니다. 나비는 가쁜 호흡을 몰아 쉬며 식은 땀을 흘렸습니다.

"나 좀 잘게. 자고 나면 좀 괜찮아질 거란다."

나비는 금방 잠이 들었습니다. 씨앗은 그런 나비를 근심 가득한 눈빛으로 바라보았습니다. 씨앗은 나비가 깨어날 때까지 나비의 곁을 지켰습니다.

해가 뉘엿뉘엿 질 때까지 나비는 잠을 잤습니다.

해가 질 때까지 나비는 잠을 잤습니다.

달이 뜨고 별이 반짝일 때까지 나비는 잠을 잤습니다.

제4부

밤이 완전히 깊어질 때까지 나비는 잠을 잤습니다.

잠깐 눈을 뜨고 씨앗이 곁에 있는 것을 확인한 나비는 또 잠을 잤습니다. 씨앗은 잠을 자지 못했습니다. 씨앗은 나비가 잠을 자는 시간만큼 눈물을 흘렸습니다. 결국 나비는 그 다음날 동이 틀 때까지 잠을 잤습니다. 씨앗은 결국 뜬 눈으로 밤을 지샜습니다. 씨앗은 눈물로 밤을 지샜습니다.

나비의 사연

　이른 새벽 나비가 눈을 떴습니다. 어제보다는 한결 좋아 보였습니다. 씨앗은 안도의 한숨을 내쉬었습니다. 나비가 말했습니다.

　"미안해. 걱정 많이 했지? 잠을 푹 자고 나니 괜찮구나. 너에게 해줄 말이 있단다."

　나비가 씨앗에게 해준 말은 다음과 같았습니다.

　"나는 작년 여름 호랑나비들 사이에서 태어났어. 호랑나비는 채 한 달도 살지 못하는 수명이 짧은 나비야. 이들은 이 짧은 시간에 맞는 삶을 사는 것을 숙명으로 받아들이고, 거기에 맞게 살아가지. 나 또한 그랬어. 다른 나비들이 생의 마지막을 준비할 때 나 역시 생의 마지막을 준비하고 있었지. 이들은 마지막 삼 일을 남겨 놓고 그 동안 자신들에게 꿀을 제공해준 꽃들에게 감사의 인사를 전하는 의식

을 거행한단다. 물론 그 무리 속에는 나도 있었지.

　나랑 가장 친했던 할미꽃에게 감사의 인사를 전하러 갔을 때의 일이었어. 할미꽃이 깜짝 놀라는 거야. 왜 마지막 감사 인사를 하냐는 거였지. 나는 이해가 가지 않았어. 그 때 할미꽃이 나에게 한 말이 있지. '너 스스로에 대해 제대로 알고 있지 못하는구나' 라는 말. 한동안 나는 혼란스러웠지. 이게 무슨 뜻일까 하고 말이지.

　나는 함께 짝을 지어 다니던 나비에게 물어봤어. 할미꽃이 한 말을 그대로 전하면서 이게 무슨 의미인지 알겠냐고 말이지. 그런데, 그 나비도 나에게 같은 말을 했어. 넌 지금 마지막을 준비할 필요가 없다는 말과 함께. 그 다음부터는 정신이 없어서 그 친구가 한 말이 모두 기억에 남지는 않지만, 몇 가지 말들은 아직도 기억에 선명해.

'네가 묻지 않길래 너도 알고 있는 줄 알았지.'

'네가 아무렇지도 않게 우리들과 함께 지내길래 그것을 일상으로 받아들였지.'

'삶의 한 가운데에서 정신 없이 살아가다 보니 우리가 다름을 의식할 겨를 또한 없게 되었지.'

나는 호랑나비가 아니라 '청띠제비나비'였던 거야. 호랑나비보다 훨씬 더 오래 사는 나비였던 것이지. 나는 내 자신이 누구인지 알고 나서 혼란스럽기도 했지만, 잠시 후 기뻤단다. 평범한 나비가 아니라는 사실 때문에 말이지. 나는 이들과 바로 작별을 하고 더 넓은 세상을 경험하기 위해 여행을 떠났단다. 물론, 이들도 나도 서로의 이별이 무척 슬펐지만 말이야. 그 와중에 너를 만난 거였단다.

살면서 이런 큰 일을 경험해본 나로서는 너를 본 순간 네가 너의 참모습을 찾는 것을 도와야 하겠다는 생각이 들지 않을 수가 없었단다.

내가 진짜로 너에게 해주고 싶은 것인 이게 다가 아니야. 가장 중요한 깨달음이 두 가지가 있지.

깨달음 하나. 내가 계속해서 호랑나비라고 스스로를 생각하고, 호랑나비의 삶에 맞추어 살았다면 나는 호랑나비들과 같이 한 달도 안되어서 죽었을 거라는 것.

깨달음 둘. 호랑나비들 중 한 마리가 우리와 같이 아주 오래 사는 청띠제비나비들 사이에서 태어나서 스스로를 청띠제비나비라고 생각하고, 청띠제비나비의 삶에 맞추어 산다면 호랑나비는 스스로에게 주어진 수명의 한계를 훨씬 더 뛰어넘을 수도 있을 것이라는 것.”

씨앗은 숨을 죽인 채 나비의 말을 들었습니다. 나비는 잠시 숨을 고른 후 씨앗의 눈을 쳐다보았습니다. 그리고는 입을 열었습니다.

“이제 내 수명이 얼마 남지 않은 것 같구나. 오늘을 넘기기 힘들 것 같아. 그래서 너에게 이 이야기를 꼭 해줘야겠다고 생각했다. 어쩌면 너도 나에 대해서, 그리고, 왜 지금까지 너와 함께 해왔는지 궁금했을 거야. 묻지는 않았어도. 어쩌면 그럴 여유가 없었을 지도 모르고. 어쩌면 전혀 궁금해하지 않았을 수도 있고. 물론, 그 무엇이든 하나도 중요하지 않다. 이제 마음이 편하다. 편하게 눈을 감을 수 있겠구나.”

씨앗은 아무런 말도 하지 못하고 그저 눈물만 흘릴 뿐이었습니다. 나비는 그런 씨앗을 꼬옥 안아주었습니다. 씨앗은 나비의 품 속에서 한참을 울었습니다. 나비가 씨앗을 다독이며 말을 이었습니다.

“사실 나는 얼마 전에 네가 어떤 씨앗인지 알게 되었단다. 그 날 너에게 알려주려고 했지만, 그러지 않기로 했단다. 왜냐하면 네 스스로를 알게 되기까지, 네 스스로 무엇인가를 피울 때까지 겪어야 하는 떨림, 불안함, 설렘, 기대감, 믿음, 확신 등을 방해하고 싶지 않아서야. 이걸 겪지 않고, 과연 이 세상에서 가장 아름다운 꽃을 피울 수 있을까 하는 나의 마음, 이 모든 걸 겪고 나서 진정 이 세상에서 가장 찬란한 꽃을 피울 수 있도록 해주고 싶어하는 나의 마음을… 이해해줄 수 있겠니?"

씨앗이 울면서 대답했습니다.

"이해해요. 충분히. 그리고, 미리 아는 것이 이제는 저에게 중요하지 않게 되었어요. 무엇으로 피어나든, 어디에서 피어나든… 이제 저에게는 중요하지 않아요. 그냥 어딘가에 심겨져서, 끝도 모를 기다림과 기대 속에서 피어나는 과정 자체를 중요하게 여기고, 그 꽃이 무엇이든, 설령 꽃이 아닌 잡초라 하더라도, 그 자체가 아닌, 그 자체의 삶을 행복하고 감사하게 받아들이면서 살아갈래요."

나비가 미소를 지었습니다.

"그래. 그 동안 네가 많이 성장했구나. 나와의 여행이 도움이 되었다고 생각하니 참으로 기쁘고 뿌듯하다."

씨앗이 말했습니다.

"나비님. 이제 제가 나비님께 은혜를 갚아드리고 싶어요. 눈을 감으실 때까지 제가 곁에서 돌보아드리고 싶어요."

나비가 말했습니다.

"아니다. 나는 마지막 순간을 창공에서 맞이하고 싶다. 날갯짓을

하면서. 조금이라도 남아 있는 힘을
날갯짓에 보태고 싶구나. 그 마지막
순간까지."

씨앗이 말했습니다.

"그럼, 그 마지막 순간을 함께 해드리고 싶어요."

나비가 대답했습니다.

"그래. 좋아. 네가 함께 해준다면 정말 뜻 깊고 행복한 순간이 되
겠구나. 자, 이제 날아오르자!"

나비의 마지막 날갯짓과 씨앗의 심겨짐

나비는 하늘로 날아올랐습니다. 다친 날개가 편치는 않았지만, 힘껏 날갯짓을 시작하였습니다. 나비는 앞으로 전진하지 않고, 위를 향해서만 날아 올랐습니다. 하늘 높이, 더 높이, 저 구름에 닿을 수 있도록, 힘차게, 힘차게 날아올랐습니다. 등 뒤에서 바람이 불어왔습니다.

나비가 외쳤습니다.

"자, 이제 네 차례야. 바람에 몸을 맡기거라. 바람과 함께 네가 싹을 틔울 곳으로 날아가거라. 지금이야."

씨앗이 외쳤습니다.

"알겠어요. 이젠 정말 안녕."

씨앗은 바람에 몸을 맡겼습니다. 기쁨의 눈물이 쉴 새 없이 흘러내렸습니다. 나비의 목소리가 들려왔습니다.

"어디서나 당당하게! 행복하게! 찬란하게!"

씨앗의 몸은 바람과 함께 하늘 높이 솟아 올랐습니다. 저 아래에 나비가 보였습니다. 나비는 힘에 부치는지 비틀대다가 땅으로 떨어지기 시작하였습니다.

"나비님! 나비님은 세상을 떠나는 것이 아니라, 이제 진정으로 세상과 하나가 되시는 거군요. 안녕히! 안녕히! 세상과 하나됨에 축복을! 이제까지 이 세상을 당신과 함께하는 특별한 세상으로 만들어 주신 것에 대하여 이 세상 모든 만물들을 대신하여 감사를!"

이제 더 이상 나비는 보이지 않게 되었습니다. 바람이 이제 땅을 향해 방향을 바꾸었습니다.

씨앗은 눈을 질끈 감았습니다.

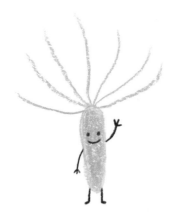

그 이듬해 이야기

전라남도 고흥군의 한 바닷가 마을에서 효자로 불리는 윤씨는 어머니의 병환을 고쳐드리기 위해 필요한 약초를 캐러 산에 올랐습니다. 약초는 비탈진 곳에 있기 때문에 위험한 작업이 될 수도 있었습니다.

윤씨는 약초가 있을만한 곳을 찾았습니다. 경사가 급한 곳이었습니다. 70도 정도의 가파른 경사 아래로 암석들로만 이루어진 절벽이 있었습니다. 윤씨는 준비한 줄을 소나무와 자신의 몸에 묶었습니다. 그리고는 조심조심 내려갔습니다.

"으악!"

그만 발을 헛딛은 것이었습니다. 몸부림을 치며 땅을 잡고, 풀을 잡고, 가지를 잡았지만, 몸은 계속해서 아래를 향해 내려갔습니다.

정신을 차리고 보니 윤씨의 몸은 절벽이 시작되는 곳에 아슬아슬하게 걸쳐있었습니다. 몸에 묶은 줄 때문에 위급한 상황을 모면한 것이었습니다. 윤씨는 절벽이 시작되는 바위 위로 겨우 몸을 올렸습니다. 눈 아래에는 까마득한 낭떠러지였습니다. 눈 앞이 캄캄했습니다. 문제는 다리가 너무 아프다는 것이었습니다. 오른쪽 다리의 뼈가 부러진 것인지 상상을 초월하는 고통이 엄습했습니다. 움직일 수도 없었습니다. 살려달라고 아무리 소리를 질러도 대답이 없었습니다. 그도 그럴 것이 이 산은 인적이 드문 곳이기 때문이었습니다. 다리가 너무 아파서 혼자의 힘으로 올라갈 엄두가 나지 않았습니다. 식은 땀이 흘러내리고 두려움에 눈물이 쏟아졌습니다.

　'이대로 죽는 것일까? 이제 내 어머니는 어떻게…'

온 몸에 기운이 더 빠져나갔습니다. 자포자기의 심정이 되어갈 무렵. 윤씨가 몸을 지탱하고 있는 바위에서 무엇인가를 보았습니다..

그것은 야생화였습니다! 바위를 뚫고 꽃을 피운 해국!

연하고 소박하지만, 단단히 뭉치니 오히려 화려하게 보이는 단아한 꽃잎들이 겹겹이 둥그렇게 모여 아름다운 얼굴을 내밀고 있었습니다. 이 높은 절벽 바위에서도, 스스로 습도 조절을 하면서 최소한의 수분으로 버티면서도, 그 누구의 눈에 뜨이지 않는 고독과 외로움을 이겨내면서도 이토록 아름다운 꽃망울들을 터뜨리다니….

윤씨는 감동의 눈물을 흘렸습니다.

"그래. 네가 오늘 나를 살리려고 이 곳에 있어줬구나. 너 때문에 희망과 용기가 생겼단다. 이를 악물고 다시 올라가마. 고맙다. 정말 고맙다."

한 달 후, 다리가 완치된 윤씨는 다시 이 곳을 찾았습니다. 죽을 고비를 넘기게 해준 해국에게 다시 한 번 감사 표시를 하고, 그 처연한 아름다움을 사진에 담아 고이 간직하기 위해서였습니다.

윤씨는 소나무와 자신의 몸에 줄을 단단히 묶고, 조심조심 아래로 내려갔습니다. 물기를 머금은 비단 이끼 때문에 미끄러웠지만, 한 발자국, 한 발자국, 정성을 다해 내려갔습니다.

그 곳에는 예전의 그 해국이 변함없이 그 자리를 지키고 있었습니다. 완전히 활짝 핀 꽃은 가슴이 터질 듯한 아름다움, 그 자체였습니다. 윤씨는 해국의 자태에 넋이 빠진 듯, 황홀한 표정으로 꽃들을 쳐다보았습니다. 그리고는 카메라를 들었습니다. 그러나, 카메라 셔터를 누를 수가 없었습니다.

"너의 외적인 아름다움은 카메라가 담을 수 있을 거야. 그렇지만,

아픔과 불안함과 고독감과 외로움과 절망감과 기다림과 믿음과 희망과 사랑 속에서 긴긴 세월을 견뎌오면서도 이토록 아름다운 꽃을, 그것도 세상에서 가장 단단한 바위를 뚫고 피어난 너의 그 내적인 생명력과 아름다움은 도저히 담아낼 수가 없을 것 같구나."

씨앗은, 아니, 해국을 피운 씨앗은….

행복했습니다. 참으로 행복했습니다. 피어남 그 자체… 그것이 너무나도 행복했습니다.